真夜中の精霊たち

新見 上
SHINMI JO

幻冬舎MC

真夜中の精霊たち

目次

真夜中の精霊たち

眠れない夜にはだね、テントウ虫ちゃん、パイプを思い浮かべてごらん。勿論、そんじょそこらの捨て置かれたような汚いパイプのことじゃないよ。といって、店頭にこれみよがしに並べられている美術品みたいなパイプのことでもない。今時そんなマニアックなものを売る店があればの話だがね。

僕が言っているのはだね。遠い昔、誰かがそれを作る時にも、出来上がってからも、常にそのパイプを手に取る者から敬愛と親しみの眼差しを向けられ、神秘の道具として慎重に取り扱われてきた、そんなパイプのことだ。それは神聖な材料で作られるべくして作られ、時を経て代々受け継がれる血脈のようなものなんだよ。ある時代にはバッファローの骨で、ある時代にはとある霊山でしか採れない非常に珍しい紅い石で、つくりだされるのだ。

紅い石の取れる場所は聖域であり、何人たりともその場所を占有することは許されず、それがためにすべての人間を平等に受け入れる場所だった。敵対している二つの部族が近くに住んでいたけれど、そこで諍《いさか》いを起こすことは、どちらの部族の掟でも固く禁じられていてね。そこでは敵同士がおとなしく肩を並べて黙々と石を採掘している、ちょっと面白い光景が見られたものだ。

もし君が繋がりを求めるならば、パイプを吹かしてみるといい。七つの方角に向けて、聖なる煙を吹かすんだよ。

七つの方角ってなに？　だって？　テントウ虫ちゃん。僕の血を分けた妹よ。なんでもすぐに質問するのが冴えたやり方だなんて思うのはよしてくれ。本当の知性というのは、波風の立たない静けさの中からしか生まれないんだよ。だからね、何かの答えを求める必要が生じたときには、まず耳を澄ますことから始めるんだ。耳を澄ませて風の音を聞き、水の流れる音を感じて、虫の鳴く声や鳥の羽ばたく音、それから人の話す言葉に、よく注意を払うんだよ。そんなふうにして日々を過ごしていれば、やがて君の求める答えが、向こうのほうから君のもとにやってきてくれるだろう。

だからどうか、なんでもすぐに知り尽くしてやろうと身構えたり、いろんなことが今にも分かったような気になって、本当なら与えられるはずだった素晴らしい贈り物を取り損ねたりしないでおくれ。

今から君に話す物語はね、今日のようなとても眠れそうにない夜に、うってつけの話なんだよ。七つの方角の意味を知りたいのなら、そうだね、まずはその話から始めよう。だけど次から質問はなしだ。いいね。

七つの方角とは、この世のすべての場所のことだよ。始まりの東と終焉の西、豊穣の南と浄化の北。それぞれの方角に煙を吹かせて、次は上に、天の国に向かって吹かすんだ。そして下に、地の国にたいしても同じようにするんだよ。

彼らの言い伝えでは（彼らっていうのは、今から僕が話す青年とその一族のことだけど）、偉大なる精霊が世界を創造する時、この六つの方角をお定めになった。けれどまだ、一つだけ定められていない方角が残っていたんだよ。最後の方角は、あらゆる方角の中で最も強い力を宿し、叡智《えいち》を湛《たた》えていた。あまりに大切なその方角を、偉大なる精霊は、野ざらしにしておくことなどとてもできなかったのだ。だから、最も見つけるのが困難な場所に隠した。もうお解りだよね。そうだよ。最後の方角は、僕たちの心の最も深淵な場所に隠された。

叡智の方角を己のなかに持たない生物など存在しない。だけどそれを常に見失わずにいられるほど、僕らはいつでも正気でいられる訳ではないのだ。心を見失うとどこにも行けなくなってしまうのはきっと、このためなんだね。だからテントウ虫ちゃん、僕達はこの最後の方角を見失うわけにはいかないんだよ。決してね。

パイプの話に戻ろう。七つ目の方角、つまり自分に向けて煙を吹くところを想像してごらん。君の心に吹きかけられた煙は、どんな形になって世界に飛び立つだろう。

彼の心から飛び立つ煙は、いつも夢の形をしていた。夢と聞くと僕らは、叶わない願いや遠い場所のことばかり想像しがちだけれど、彼の夢はいつも彼自身の輪郭の中にあった。地球の内部に僕らがいるように、彼のなかに世界が内在し、それがために彼の夢は神秘になり得たのだ。

彼の名前はドゥモ。部族の誇り高い狩人だ。彼の叔父が部族の中でも特に腕のいい狩人として皆から敬われていて、ドゥモはこの叔父から立派な狩人たる術を教わったんだ。本当はね、狩りをするよりも籠を編んだり、ティーピーって名前のテントを縫ったりするほうが、ずっと彼の好みだったんだよ。けれどドゥモは叔父を大変尊敬していたので、狩人の道に進むことに迷いはなかった。彼には年の離れた兄と父がいたが、二人ともある大きな戦闘で銃弾に倒れて、随分前に精霊の世界に旅立っていた。

叔父さんも戦闘に参加していてね。この叔父さんが、彼の兄さんや父さんが最新式の銃を持った何十人ものインベーダーを相手に、弓一本でどれほど果敢に相手を追い詰め、最後まで勇敢であり続けたか。そんな話を、事あるごとにドゥモに語って聞かせたんだよ。

ビジョン・クエスト（成人式みたいなもんだ）に彼が挑んだ時には、精霊から神聖な力を授けられたメディスンマンではなく叔父が、彼のクエストの一切を引き受けた。メディスンマン自身が、その神秘的な先見でもって、彼のビジョン・クエストはメディスンマンの自分ではなく叔父のスタンディング・ベアが執り行うといいだろうと言ったんだ。

彼はクエストに挑む前の数日間、叔父から部族の歴史や神話を伝授された。ホワイト・バッファロー・カーフ・ウーマンやスカイウーマン、亀の陸地。コヨーテのマッイイと星を司る神の話、ここでは語り尽くせない、さまざまな創世の物語について。

いよいよビジョン・クエストを始めるという段になると、みんなで蒸し風呂に入り、身を清めた。叔父に連れられて神聖な山に登る。そこからは独りだ。叔父は誰も登ってこないような険《けわ》しい場所に彼を置き去りにして帰る。独りになった彼は、四昼四夜飲まず食わずでそこに座り込み、夢のお告げを待たねばならない。夜は梟の鳴き声や獣の咆哮が不気味に木霊《こだま》するが、そんなときでも心を平静に保っていなければ、お告げは姿を現してはくれない。死にそうになるか失神するかの頃になって、ようやく夢は彼らの元にやってきてくれるのだ。

忍耐と勇気が試されるこんなときでも、彼にはどこか呑気に構えているふしがあった。狼たちは遠くのほうで吠えていて、こちらまで来そうにない。多少近づいてきたとしても問題はないだろうと彼は思った。狼はよほどの飢餓状態か勝算の見込みがない限り、人間を襲ったりしない。今年は木の実が豊作でリスが多い年なので、それを捕食するコヨーテや山猫も増え、狼たちはそれでお腹いっぱいで、今頃は岩の上で寝そべりながら、気の抜けたゲップでもしているところだろう。

襲われる危険は感じなかったが、空腹と喉の渇きが彼の意識を混濁させ、舌が腫れ上がり、手足が痺《しび》れた。流石《さすが》の彼も四日目ともなると、途方もない苦痛の海（彼は海を実際には見たことがなかったけれど、噂では知っていた）をあてどなく泳ぎ回っているような気持ちになった。そこでは途中で止める権利など与えられず、人はただ溺れそうになりながら泳ぎ続けることを強いられる。

やがて視界が不鮮明になり、境界が消えた。光と緑が溶け合い、空と大地が抱き合った。優しく溶け合う濃淡の妙は、気を失いかけている彼の頬をそっと撫でるようで――そのうちに彼は、この美しさのなかでならもういつ死んでもいいような気になった。ついさっきまで苦痛の海を泳いでいるようだったのに、今では言いようのない恍惚に浸りきって、もはやすべてをグレートスピリットとその自然に委ねることに、なんの苦痛も感じなくなっていた。

自分の前に現れたビジョンを、どんなふうに叔父に伝えればいいのか、彼にはわからなかった。迎えに来てくれた叔父について山を下りる時、彼は前を歩く叔父の、立ち上がった熊のように広い背中を眺めながら、当惑しきっていた。

予定では、彼もみんなと同じように自分の血筋にゆかりのある動物の精霊―彼の家の場合は熊だったし、友人たちの家はバッファローやイーグル、イタチ、お気の毒にサンダーバードのやつも一人いるが、そういうおおかた有難い精霊が現れて彼を導いてくれるか、そうでなければ徳の高い先祖の霊に出会って、予言を授かるはずだった。ところが彼の前に現れたのは動物の姿をした精霊ではなく、先祖ですらなかったのだ。

ゆらゆらとした足取りのなかに確かさを湛えて、歩くというよりは滑るようなその歩調と、尻の下からまっすぐに伸びた脚は、紛れもなく彼の最も親しんできた人達のものだった。父も兄もそんな歩き方をしてそんな脚を持っていたし、叔父だってそんな歩き方をしてそんな脚を持っているのだ。けれどどこからともなく現れ、まるで彼に用事でもあるかのように、他には見向きもせずまっすぐこちらへ向かってくる男の顔には、見覚えがなかった。

きっと自分が生まれる前に生きていたご先祖様に違いないと思った彼は、男が非礼なほど近づいてきて真ん前に立った時、目を見てお前は誰だと問うような不遜な態度は取らずに、恭しく頭《こうべ》を垂れて先祖を讃える歌をうたった。

だが男は、私はお前のご先祖様ではないと、妙にはっきりした声で彼の歌を遮ったのだった。

彼は、何かがいつもと少し違っているような気がして、ちょっと顔を上げ、男の全体を、顔までは見ないようにして窺った。身なりは、イーグルの羽の髪飾りも、女達が腕によりをかけて縫い付けてくれた刺繍のある腰巻も、モカシンも、間違いなく彼の部族の戦闘用の礼装だった。背中に背負っている弓矢筒に至っては、彼の家族が代々、戦闘服や弓矢筒に縫い付けてきた小さな石のお守りまでついている。

よく観察すればきちんと姿を見せてくれ、彼らの歌う唄までは教えてくれなくても、少なくとも何者であるかを答えてくれる動物や植物とは違い、男の正体は、観察すればするほど捉えにくくなるようだった。

彼はついに我慢できなくなって、失礼かもしれないと憚《はばか》りながらすまなそうに訊いた。

「あなたはどなたですか」

男は自身もそれほど年を取ってはいないない容姿だったけれども、自分より十五は年の若い青年をからかうように笑った。

「分からないかね」

彼は弱りきって赤面し、再び項垂《うなだ》れた。

「分かればいいのですが。私は何分まだ若く、知恵も直観も備わっていないのです。もし失礼でなければ、せめて何処からいらしたのかお教えください」

「私は過去から来たのではない。だが、お前の先祖は私と深い関わりがあり、私は今最も彼らに近づいている」

そんなナゾナゾみたいなことを言われてもますます訳が分からなくなるだけだと思ったが、彼は部族に伝わる礼節の教えに従い、何も言わず黙してその続きを待った。男は彼を待たせたまましばらく黙って、やがて静かに、

「私はお前だ」

と言った。なんと答えていいのか分からなかった。自分よりも遥かに大人に見えるこの男が自分自身なら、目上の人間に対するように恭しく接する必要はなく、目を合わせて顔をじろじろ見つめてもいい相手になるはずだが、彼はどうしても、彼自身だと名乗る男の顔を覗き込む気にはなれなかった。

「お前は、年若い自分にはまだ知恵も直観も備わっていないと言ったが、心配するな。最後の時になっても深淵な叡智や神秘的な直観など備えてはおらず、あるのはただ常識（コ

モンセンス）だけだ。だが、それでいい。それでいいのだよ」

なぜだか分からないけれど、男が最後の時と言うと、彼の身体は急に倒れそうなほどの疲労を感じるのだった。名状し難い摂理が働き、彼の意思とは関係なしに身体の力が抜けていくようで。

「今は、眠るといい」

男はそう言って彼の額に手を触れようとしたが、彼は触れられるか触れられないかのうちに意識を失ってしまった。

目覚めた時には、叔父が彼の傍らにいて、セージに含ませた水で彼の口元を湿している最中だった。どのくらい眠っていたのか知らないけれど、日は暮れかかっていて、そろそろ山を下りなければならない時刻だった。

あんなにも恐れ入って縮こまり、祖母なる大地にばかり目を落として座っていたのに。目覚めた時には手足を遠慮なく放り出して、空を仰ぐみたいに寝転がっているなんて不思議だと、彼は思った。

ご先祖様に会ったと嘘をつきたかったけれど、神聖な儀式の報告で嘘などつけるはずがなく、仕方なしに彼は一部始終を、細大漏らさず叔父に報告することにした。部族の掟では、夢のお告げに従って大人の仲間入りをする者に新しく名前をつけなければならなかったが、叔父は彼の名付けに悩んでいるようだった。チーフとメディスンマンのいるティーピーに出掛けていって、随分長いこと帰ってこなかった。彼のほうでは、叔父以上に自分の見た夢に悩まされていた。山に登る前は、自分も叔父とそっくりにシッティング・ベアとか、なんとかベアになるに決まっていると思い込んでいて、なんの憂いもなく意気揚々と出掛けていったのに。

こんなふうに言うと、彼が神聖な儀式をあまり深刻に捉えていなかったと君は思うかもしれないが、そんなことはないさ。彼はただ、超越的な存在に身を任せていれば、それで自分が満足できることを知っていたにすぎない。もしもグレートスピリットが与えてくれるものが自分にとって都合のよくないものだったとしても、一時的には苦痛を伴っても、それが大いなる意志であるなら、未来を信じられたのさ。部族の者は皆そうだったけれど、なかでも彼は特に明日を信じる能力に長けていたんだね。だから本当は、未来の彼自身が彼の前に現れたとしても、それほど驚くべきことではなかったんだよ。

彼はその後、チーフとメディスンマンと叔父がいる、ひと際大きくて立派なティーピーに呼ばれた。部族の全員がその場に集まった。そこで彼が見たことをもう一度、みんなに話すことになったのだ。

彼は見せられたビジョンに対して自分なりの感想を述べて話を締めくくった。私はお前だと言ったその人に、今の自分では想像もできない静けさがあったこと。そして、きっと自分は今のチーフや叔父と同じ年までは生きられないだろうと悟ったこと。それでも、最後には満たされていると言ってもいいほど、心は逸《そ》れることなくひとところにいられるだろうと、なんとなくそう思えたことなど。

彼が話し終える頃、その場は静まり返っていた。誰も何も話さなかった。しばらくはみんな自分の中にある宇宙を見つめていて、そこから過去を臨み、そしてまた未来から現在に流れてくる、細く微かな流線を自分のほうに手繰り寄せて、それを丁寧に撫でながら、無言のうちに語らうのだった。

この頃、彼らネイティブアメリカンを取り巻く環境は既に逼迫しており、未来は閉ざされつつあった。誰もが予感し、彼も当然、自分達を取り巻く雲行きが年を経るごとに怪しくなっていることを承知していた。

見えないほど細く微かな流線は、あまりに苦しみの多い未来から放たれているにも関わらず、なぜ、こんなにも光り輝いているのだろう。苦しみの多い未来のその先には、一体何があるのだろうかと、彼は考えた。

迫りくる未来を語った青年は、その日から「ドゥモ（宿命）」と呼ばれるようになった。ドゥモが成人してからの数年間は、彼にとって忘れ難い歳月になったようだ。多少の危機に見舞われながらも、チーフの的確な判断のおかげで、彼らがティーピーを張る場所はいつも安全だった。

ねえ、テントウ虫ちゃん。君は恋をしたことがある？

僕たちのドゥモはね。その頃、そりゃあ猛烈に恋をしていたんだよ。だけどまだ狩や戦闘でめぼしい手柄も立てていないうちから妻を欲しがるなんて、部族にとっても彼にとってもけしからんってわけさ。ドゥモはそれでも、何とかして彼女と二人きりになりたかった。二人きりになってどうするのかと尋ねられても、どうしたらいいのか見当もつかなかったし、自然な運びで会話ができるかどうかさえ怪しかったけれど、それでもやっぱり、二人きりになりたかったんだよ。

チーフの娘でブライト・アイって娘《こ》がいてね。その娘は部族一の美人で名が通っていたんだ。ドゥモが恋に落ちたのは、そのブライト・アイと見えないところで離れがたく結びついているみたいに、常に行動を共にしていた親友のハミングアローだ。彼女は親友のようにいろんなところからお誘いのかかる娘ではなかったけれど、とてもまっすぐに人や情景を見つめられる人だった。あまりにも目を逸らさないでいるものだから、正直に生きられなかった人にとってその視線はまるで脅迫だったけれども、正直さを求めてやまないブライト・アイや、その他一部の人間にとっては何にも代えがたい祝福になった。

二人だけになる計画を、彼はざっと二百くらい立てた。だがどれも上手くいかなかった。いつもいつも彼女の傍には彼女の母か祖母か、そうでなければブライト・アイがいて、彼の計画を片っ端からこん棒で打ち砕いてゆくので、彼はこの三人を心底恨んでいた。

彼がハミングアローに心を奪われるようになったのはね、あの川での水浴びの一件からなんだ。なに、きっかけは別に大したことじゃなかったのさ。ほかの人が聞いたら「おいおい。君はそんなことで恋に落ちたってのかい？　冗談だろ」とかなんとか言って、鼻で笑うんじゃないかな、きっと。でも彼にとってその瞬間は、それまでとは世界が全く変わって見えるような、目を瞠《みは》る瞬間だった。すべての時を貫く、美しい一瞬だったんだよ。

あれは確か、ハミングアローにムーンタイムが訪れる直前だったっけ。彼女はまだ世間から女性とはみなされていなかったし、彼にしたってこの時は、妹のグレープ・バグ（これは彼だけが使う妹の呼び名だ）を見るときと変わらない感覚で彼女を見ていた。

狩や戦闘のない日、彼は草原でみんなが熱狂するスポーツ、なんだったっけな。ボールに見立てた玉を投げ合って得点を競うんだけど。兎に角そんなスポーツをした。近隣の親しくしている部族と、バッファローの皮やなんかを賭けて部族対抗戦が開催されるときには、大いに健闘し、相手チームに卑猥なヤジを飛ばしたりして楽しんでいた。けれど時々喧騒から離れて、ひとり川の畔で静かに祈りを捧げる時間が、彼にはあった。

ドゥモは畔に座るとよく考え事をした。春になると萌えたつクローバー達は、いったいどんなふうに互いを想いあっているのだろう。スイートグラスは、どんな記憶を胸にしまい、川の水は何を思って旅をするのか——物言わぬ石は、誰を見つめ日々を生きているのだろう。そのうちに心の中から言葉が消えていき、彼はなんとなしに目をつぶる。カケスの鳴き声や、川の流れる音や風の囁きがまるで、絶え間なくキスをしているみたいに聞こえてくると、彼の頬は緩んだ。最も優しいと思えるこの時に、彼は世界にお返しのキスをする。

以前から知っていた彼女に、まるで初めて出会ったかのようにときめいたのは、川の畔でいつものように祈りを捧げていた、そんな時だった。

せっかくひとりで静かに祈りを捧げていたのに、洗濯ものをごっそり籠に積んで、まだ子供のくせにお母さんみたいな顔をしてひょっこり現れた彼女を見て、彼は少しげんなりした。洗濯ならもっと下流の広い所でやれよ。と思ったけれど、家のお手伝いをせっせとやっている子に対して言う言葉ではない気がして、黙っていた。

こちらのことなどお構いなしに、どっしりと腰を据えて豪快に衣類を洗いはじめた彼女に、彼はちょっと笑ってしまった。

彼の知っている女の子達は（といってもドゥモが知っている女の子といえば、ブライト・アイとハミングアロー、それにグレープ・バグを除けば、ほんの数人に過ぎない。でもね、テントウ虫ちゃん。彼にとっての数人はとても沢山ってことだ！）少しばかり年端がいかなくてもおませにできていて、特に異性から自分がどんなふうに見えるかということに関しては、リスを追っかけて喜んでいるような同い年の男の子達には想像もつかないほど、早いうちから目覚めるものだ。実際、洗濯をしに川にやってきて、彼や彼の仲間達が近くにいると察した女の子達が、座り方を変えたり、まだ仕事が終わってもいないのに、髪の毛をいじくりだしたりするところを、彼は何度も目撃していた。なのにハミングアローときたら。まだ年頃でないとはいえ、男がいる前であんなに中腰になって、ガニ股で水の流れの中を踏ん張っているんだから。

向こうがこちらに気を使わないのをいいことに、彼も気兼ねせずふんどし一枚になって、少し距離を置いたところで泳ぐことにした。祈りの時間を邪魔されてひどく気が散ったと思った彼は、いっそのこと気分を変えて、くたくたになるまで泳いでから帰ろうと決めたのだった。

ドゥモは潜水が得意でね。それはもう長いこと潜っていられるんだ。水の中の世界で見る石は、地上で見るときとは随分違って見える。それらを一つ一つ鑑賞してまわっているうちに、息継ぎの回数が自然と減っていったんだね。

随分時間が経って息が持たなくなると、ドゥモは一気に水面に浮上した。彼の長髪が凄い勢いであたりに水しぶきを撒き散らし、驚いたことに、いつの間にか彼の背後まで来ていたハミングアローを水浸しにしてしまった。

その時だったんだよ。初めて本当に彼女を見つけたような気がしたのは。水しぶきを浴びたハミングアローは、美しかった。

濡れた雫で梳かされた黒髪とか、水滴がその上で泡立つ小麦色の肌とか、いくらでも描写することはできるけれど、そのどれ一つとして、彼女の美しさの核心に迫るような形容はない。その時に見た彼女の瞳の色を、彼は生涯、忘れられなかった。あんなふうに切り刻まれてしまった彼女を見た後でさえ。

謝罪の言葉と、彼女にキスをしたいという堪え切れない衝動が同時にこみ上げてきて、危うくもう一度水の底に沈むところだったが、ドゥモが何か喋り出すよりもハミングアローの足が動くほうが早かった。

「すまない」と言おうとして咄嗟に差し出した彼の手の意味を、もしかしたらハミングアローは勘違いしたのかもしれないし、別の理由があったのかもしれない。彼には、彼女が何も言わずに踵を返し、一目散に森の中へ疾走して、彼と洗濯籠をそこに置き去りにしていった理由が、皆目分からなかった。そもそもどうして僕の背後にいたのだろう。何のために？

恋に落ちてのぼせ上がった男の脳裡には、長いこと水に潜って浮かび上がってこない彼を心配して、助けようとしただけかもしれないという、一番ありそうで真っ当な考えはひらめかなかった。

それからの彼の日々といえば、煩悶、憂悶、気鬱に、また煩悶といった具合だった。素敵なニュースといえば、ハミングアローが初めてのムーンタイムを迎え、正式に大人の女性の仲間入りをしたことくらいだ。男の求愛を受けるに相応しい立場になったが、他の男達も彼女を狙うに違いないという不安で、ドゥモは喜んだのもつかの間、またしょげかえってしまうのだった。もしもハイホースなんかが彼女を好きになってしまったらどうしよう。彼の弓の腕は最高だし、家柄も悪くなく、見てくれもいい。おまけに近頃は、甘ったるい匂いのする香油なんかつけて色めきたっていやがる。

　ここだけの話、自分と同じ年に生まれたハイホースという青年のことを、ドゥモは好ましく思っていたんだ。彼の手から紡ぎ出される言葉が、誰よりも優しかったから。君も知っていると思うけれど、彼らネイティブアメリカンは文字という意味での言語を持たない。けれど遠くにいる仲間と会話をするとき、ジェスチャーを使うんだ。君は知っているかな。彼らの手ぶりで語られる言語が、どんなに美しかったかを。ドゥモは、特にハイホースと遠くから会話するのが好きだった。ハイホースが指の間隔を広げて地面にそっと右手を置くとき、「大地」。そしてその手を芽吹く若葉のように揺ら揺らと立ち昇らせるとき、「春の訪れ」。狩人らしく陽に焼けた艶やかな肌と、筋骨逞しい引き締まった身体から伸びる手の動きが、どうしてあんなに涙ぐましいほど繊細なのか。時々本当に目頭が熱くなるのを堪えながら、考えることがあった。

　何度見たって慣れることのなかった光景がある。そしてその光景は、最後の瞬間に彼が最も強く心に思い描いた場所でもあった。それは一日のはじまり、薄れゆく朝靄の彼方から昇ってくる太陽であったり、遥かな頭上で煌めく星空であったりしたけれど、遠くの山から季節の訪れや花の開花を教えてくれるハイホースの姿も、そんなものに等しかった。けれど恋となると話は別だ。ハイホースがいくら素敵な奴で、彼に信頼以上の友情を抱いていたとしても、ハミングアローにあのむせかえるような熟れきったマグノリアの匂いをプンプンさせて近づく気なら、どちらが彼女に相応しいか正式に勝負を挑むことになるだろう。

恐れをなしたドゥモは、その日から自分もハイホースほどいやらしくはないが魅力的に見えそうなシトロンの香油を、せっせと身体中に塗りたくることにした。

いくらいい匂いを発散させていても、とうの彼女に近づくこともできないんじゃ意味がなかったが、彼がそのことに気がついたのは、ハイホースのモテテクを真似しはじめて九カ月も経ってからのことだった。

こうなったらダンスと毛布のデートに賭けるしかないと、彼は腹を括《くく》った。でもまずはダンスで彼女の出方を窺わないと、とても毛布のデートにまで漕ぎつける自信はない。

彼らの社会では、ダンスはとても重要な意味を持ち、最も身近な楽しみの一つでもあったんだよ。気を引き締めて踊る神聖な儀式のダンスから、ただ楽しみのためにある気楽なダンスまで、部族に伝わる曲はいくつもあったけれど、彼が今言っているダンスというのは、男女が輪になって踊る曲のことだ。ドゥモの部族では、男女が一緒に踊れるのはこの一曲だけなんだ。もっとも、彼らのダンスではオクラホマミキサーみたいに手を繋いだりすることはできなかったけれど、一瞬でも女の子の息がかかるほど接近できる機会なんてそうそうないからね。手も繋げない素っ気ないダンスでも、彼らにとっては願ってもないチャンスってわけさ。

季節は鹿が角を落とす月に差し掛かっていて、水しぶきを浴びたハミングアローを見たのが苺の月だったことを思うと、彼はなんだか、自分がひどくとんまな奴に思えてくるのだった。そんなときには、自分がいかに狩りが上手くて、部族の大人達から信頼されているかを思い出そうとした。

最初の狩はぱっとしないどころか悲惨なもので、獲物を仕留められなかったうえ、叔父はそんなことは言わなかったけれども、どう見たって叔父の足手まといになった。バッファローの群が逃げるときに巻き起こす砂煙にのまれて、前後が見えなくなったときの対処法は、叔父から何度も聞かされていたのに。いざそのときになると、想像していたより遥かに何も見えず、バッファローの大群が押し寄せてくる大地が割れるような恐ろしい轟音だけが、遮られた視界のなかに轟いて、ドゥモは平静を失った。間一髪というところで叔父に救出されたおかげで、バッファローに踏みつぶされて死なずに済んだのだった。

叔父はドゥモを助けたために狩りのチャンスを逃し、その日叔父とドゥモと彼らの家族は、他の家から肉を恵んでもらわなければならなくなった。ドゥモの一家は、それまで一度たりとも、分け与えることはあっても与えてもらうことなどなかった誉れ高い狩人の一家だった。けれど家族の誰も、ドゥモの失態を気にしているふうでもなく、当然のように隣近所から肉の分け前をもらい、みんな旨そうにそれを食っていた。叔父に至っては、グレープ・バグを連れておかわりを貰いに出かけていく始末だった。その夜、家族が腹いっぱいになって呑気に寝息を立てているティーピーのなかで、ドゥモはひとり、深手を負った動物のように息を殺して、目だけをギラギラさせながら朝まで考え事をしていた。

ハイホースもその日が初陣だったが、彼は四本の矢を使って一人で見事に一頭を仕留めたので、彼の父は鼻高々だった。ドゥモは、ハイホースが立派な獲物を背に担いで凱旋した様子や、ハイホースの父の表情、厳粛な面持ちを変えないようにしていたが、どうしても滲み出てしまう喜び、誇らしさに表情筋の緩む一瞬を見逃さなかった。これまで叔父が教えてくれた狙う獲物の定め方、近寄り方、弓の扱いや危険な状況の切り抜け方、それらすべてが実は全く身についていなかった事実や、叔父の評判、そして家族の清々しいほど野太い態度と、それを歓迎する隣近所。隣近所のなかにはハミングアローの家も含まれていて、彼女の父親や兄達が仕留めた肉の分け前にあずかったのだった。そんなあれこれを順繰りに思い出しては惨めな気分になり、惨めな気分になるとまた狩場での失態の情景がありありと浮かんでくるのだった。

三度目の出陣の時、彼もようやく一人で一頭を仕留めることができたが、七本も矢を使ってしまった。だけどね、テントウ虫ちゃん。彼はこの時、逃げ惑う群に後れを取り、そのせいで彼に何度も矢を撃ち込まれて、苦しみながら死ぬ羽目になった雌のバッファローにショックを受けたんだよ。最初の矢を撃ち込んだ時、彼女の悲鳴を聞いた。二本、三本と撃ち込んでも止まることのない彼女の逞しさを見た。どうにか命を繋げようとする荒い息。五本目を撃ち込む頃には鼻から血しぶきが出ていた。七本目でようやく力尽きたけれど、最後は頭から地面につんのめるように倒れた。必死で追っている時には気づかなかったが、来た道は血糊で汚れ黒々として、酷くおぞましかった。この惨劇をつくりだしたのが自分だとは、信じ難かった。叔父が後からやってきて、自分の肉を糧として与えてくれた雌のバッファローと、彼女を生んでくれた祖母なる大地のために祈りの儀式を執り行った。儀式が終わると手早く彼女の皮を剥ぎ、持ち運べるだけの大きさに細かく肉を分ける。彼女の心臓はその時、まだ温かかった。

彼らの文化は非常に素朴な無駄のなさを核としていたので、富を誇張する手段としてものを食い散らかすような概念は持ち合わせていなかったんだよ。山も草原も、馬や薬草や、どんぐりの一粒ですら、真に自分のものにするということは不可能であり、所有という概念は、彼らとは随分違ったものの見方をしている人達の、いたましい妄想に過ぎなかったのさ。

とは言ってもねぇ、今し方自分が酷いやり方で殺した生き物の、まだ温かい心臓を食べる気には、ちょっとなれなかったみたいなんだ、その時のドゥモは。たとえ持って帰る間に傷んでしまう内臓はその場で食べてしまうのが、犠牲になった動物へのせめてもの供養だったとしてもね。

以来彼は、狩りを自分の勇敢さをひけらかす機会とは見なさなくなった。それは命の取り引きであり、決してスポーツなどではないのだ。

走っている動物の真横に馬をぴったりつけて並走し、一本の矢で確実に心臓を一突きにする技を、彼はひたすら磨いた。お陰で狩りに行くときは一本の本矢と、何かあったときのための二本の予備矢だけという、誰よりも軽装な出で立ちになった。ハイホースや他の仲間たちは、誰が一番多く狩れるかを競い合っていて、ドゥモと同じように若く壮健な肉体を持ち、ドゥモとは違う勇猛果敢な態度で、部族みんなの役に立っていた。彼らは一度の狩りで何頭もバッファローを仕留めるので、狩りに出られるような男のいない家庭にもきちんと食事が行き渡り、余した分は冬の狩りができないときのための非常食用に、老人や女達が丹念に燻《いぶ》して乾燥肉にしてくれる。

ドゥモも初めのうちはよく彼らの競争に誘われたけれど、その都度、僕には残念ながら必要なだけの克己心がないようだと言って断っていた。乾燥肉が足りなくて冬にみんなが飢えるのは困るけれど、部族にはドゥモの叔父やハイホースの父みたいに、百戦錬磨の達人が何人もいたし、その息子達は、まだ父親達ほど熟練した技はないにしても、有り余る体力でそれを補っていた。ドゥモが英雄になろうと頑張らなくとも、部族の全員が食べてゆけるだけの肉は十分にあったんだ。「すかし野郎」と仲間達から多少笑われはしたけれど、彼らはドゥモの矢筒が自分達のそれよりも遥かに軽量なのを見て、なんとなく彼の腕前に見当がついたので、それ以上は何も言わなかった。

叔父はドゥモの決意を彼の口から直接聞いたわけではなかったけれども、若い狩人仲間達のように振る舞う気がないことや、ただ一人で黙々と優雅なレッスン（スタンディング・ベアから言わせれば、甥が人知れず鍛錬している一本の矢で確実に獲物を仕留める方法は、最も美しい狩法なのだ）をしていることは察していて、心の中で甥に微笑した。ドゥモを見ていると時々、亡き兄を思い出し、年甲斐もなく泣きたくなるのだった。

そんなドゥモだったから、ハイホースのように目立った功績を挙げることはなく、しかし一部の人間の心を十分に魅了して、日々を送っていた。彼が部族のなかでもっと多くの心を魅了するようになったのは、つい最近のことだ。

ある日、インベーダー達が何やら怪しい動きを始めているという知らせを持って、そう遠くないところにいる他の部族から使いがやってきた。ドゥモ達の部族はひとまず今いる場所を離れて、西にいる同胞のもとを訪ねることにし、どんなことになっているのかもっと詳しく知るために、斥候《せっこう》が遣わされることになった。ハイホースともう一人の青年がその任を仰せつかり、出掛けていった。

彼らが留守の間に、図らずもドゥモは自分の狩りの腕前をみんなに披露することになった。ハイホースともう一人の青年が仕留めていた分まで彼が仕留め、いつものように、一人一人が十分に食べられるだけの獲物を持って帰ってきたのだ。普段は一頭しか仕留めてこなかった彼が、涼しい顔をして、たった一本の矢でもって七頭ものバッファローを持ち帰ってくると、部族全体が大いに沸き立った。

みんなが集まって、ドゥモの狩りの腕前を褒めちぎったり、彼の叔父が得意になって肉をみんなに分けながら、「美しい狩りとは」の題で演説をぶっている光景はちょっとしたお祭りのようだったし、大勢に担ぎ上げられるといった体験はなかなか気持ちのよいものだったようだ。

集まってきた人の中には、ハミングアローの父親のキッキング・バードもいた。彼も狩人だったし、その日彼の家は四頭もバッファローを持って帰っていたので、別にドゥモ達の肉を分けてもらう必要はなかったが、立派な功績をつくった若者に賛辞を述べに来たのだった。

叔父さん！　なにやってるんだよ！　キッキング・バードさんに早くお裾分けを。あっ、駄目だよそんな硬い所。もっと柔らかい部分をあげてよ。といきなり金切り声でまくし立てはじめたドゥモにおたおたしながら、叔父は肉を切り直し、キッキング・バードは気を使ってくれるなと、興奮するドゥモを宥《なだ》めた。子供や女性や老人に、チーフとブライト・アイまでも集まってきていたので、もしかしたらハミングアローも来てくれるかもしれないと期待したが、キッキング・バードは娘を連れてはいなかった。

「君を誇りに思うよ。若い頃の私でも、一本の矢でこれだけの獲物は仕留められなかった。優雅な狩人よ。柔らかい肉をありがとう。私からも何か欲しいものがあれば言いなさい」

その時彼が、どれほどハミングアローをくださいと言いかかったことか。君に想像できるだろうか。でも一切れの柔らかい肉くらいで彼女を求めることなどできない。代わりになんと答えたのか、彼は忘れてしまった。とても緊張していたからね。

ドゥモは知らなかったけれど、キッキング・バードは年頃の娘を持つ他の父親同様、一人一人の青年を、当人達が想像もつかないほどよく観察していた。

彼らの社会ではね、子供達は幼い頃から大勢の大人達に囲まれて、生まれ持った性質を測られ、その特性に合った方法で教育を受けるんだよ。勇気がない子には、勇気も大事だが分別はもっと大事だと教え、勇気はあるが優しさに欠ける子には、お前の勇気はいずれ部族みんなの役に立ち、お前は誰よりも頼りがいがあって優しい大人になれるよと鼓舞する。物覚えがいい子にはどんどん新しいことを教え、物覚えの悪い子には、一つのことにじっくり時間をかけて向き合う精神を教えるのだ。

キッキング・バードはね、ドゥモがまだ幼かった頃から、彼のことを買っていたんだよ。彼よりも勇敢な子は沢山いたし、彼よりも俊敏な子も、彼よりも勘のいい子だっていた。けれども彼は、他のどの男の子よりも思慮深いのだ。

ドゥモのビジョン・クエストの話を聞いた時、キッキング・バードは悲しんだ。将来有望だと思っていた若者が、それほど長生きできないなんて——彼のような男に娘をと、密かに考えたこともあったが、近い将来死ぬと分かっている男に娘を嫁がせることなど、できるはずがない。

恋する女の子のパパの心中など、知る由もなかったドゥモはその日、息勇んでダンスの準備をしていた。ハミングアローのことで気が病んで怖気づきそうになると、キッキング・バードがくれた賛辞や叔父の誇らしげな顔、優雅な狩人という称号を部族から与えられ、外の世界でも彼の名が知られつつあることなどを思い起こした。

川で泳ぎ、叔父や親戚の男達と蒸し風呂に入り、髪を丁寧に梳いて。少し前に小物細工に秀でた部族から、川の畔でたまたま拾った天然ガラスと交換に作ってもらったトルコ石の首飾りをつけ、この日のために特別に調合しておいたシトロンにカルダモンを加えた香油を、いつも以上に身体や髪の毛にふんだんに塗り込めた。

出来は上々。あとはすれ違うほんの一瞬、ハミングアローがどんなふうに自分を見るか、見ないか、人に独特な印象を与えるあの彼女の瞳の中に、ちょっとでも何かの好意の合図がないか探るだけだ。

ダンスが終わった後彼は、雨に打たれた薪のように意気消沈していた。なんであんなに色気も素っ気もない子を好きになってしまったのだろう。もしかして、自分がひどく頓馬《とんま》に見えるのは、実のところあの子のせいじゃないのか?

ハミングアローはダンスには参加せずに、父親のキッキング・バードの隣に腰をおろして、寒くもないのに婆さんみたいに毛布を被り込み、男女の若者がダンスに興じるのを眺めていたのだ。

ドゥモは、君には年頃の女の自覚がないのか、まだ恐ろしくうら若いくせに、すっかり保護者みたいな顔をして、分別くさく取り澄ましているのは、いったいどうゆう訳なんだと、ハミングアローの小さな双肩を掴んで百回くらい揺すぶってやりたいと思った。

やっぱり毛布のデートだ! それしかない。彼は新たに決意を固め、ダンスの日からそう経たないうちに、自分の持っている中で一番綺麗な毛布を用意した。

君は他人事《ひとごと》みたいに笑っているけどね、テントウ虫ちゃん。彼にとってこの問題は、とても笑えやしないんだ。生きるか死ぬか。まさにそんな問題だったんだよ。

空に星が浮かび人の心が滲む夜、彼は彼女と彼女の家族が暮らすティーピーを訪れた。

何を話すか、どんな言葉で口説くかといった肝心なことはすっかり忘れて、全くのノープランで彼女のティーピーまで来てしまったが、そこまで来てしまうと彼は、かえって落ち着きを取り戻し、川の畔でひとり祈りを捧げる時のように、心が静まりかえるのを感じた。

彼が毛布を持ってティーピーの前に立つと、まだ外にいた家族達はティーピーの中に引っ込み、中にいたハミングアローがもったいぶって出てきた。彼が来たことに気がついたキッキング・バードの、なんとも言えない深刻そうな表情が気になったが、ハミングアローの顔を見ると、嬉しさに胸が躍らずにはいられなかった。

持参した毛布で自分とハミングアローをすっぽり包むと、夜はまるで二人だけのためにあるようだった。毛布の天井にも、星が浮かぶようで——

「君が好きだよ、ハミングアロー」

気分はどう？　とか、素敵な夜だねとか、もっと会話を始めるための相応しい言葉があったはずだけど、ドゥモはその場の相応しさよりも、自分の本当のところを語るほうを選んだ。彼女の最も深い夜に似た瞳の色は、彼に真実を信じさせてくれるから。

「なぜ？」

「覚えている？　僕が川で君を水浸しにしてしまった時のこと」

「ええ」

「あの時、君は僕に、それまでとは違った姿を見せてくれたね」

「そうなの？」

「そうだよ。あの日、君は昼だというのに星のように明るかった。小さな頃から君を知っていると思っていたけれど、そうではなかった。あの時、僕は初めて君に出会い……」

彼はそれから少し間をおき、彼女は彼が再び口を開くまで辛抱強く待った。

「君を想うようになった」

愛するようになったと言いたかったけれど、その言葉はもっと大事な時のため、彼女との未来のためにとっておくことにした。

嬉しい。とか、本当？　なら証明して見せてよ。なんて反応は、ハミングアローからはおおよそ期待できないと分かってはいたけれど、本当にちっとも嬉しそうじゃないのを目の当たりにすると、彼は辛くなった。更に悪いことに、彼女は下を向いてしまった。頼むから何か言ってくれ。どんなことでもいいから。

毛布の中では、星は息もできずに消えてしまうのだろうか。

「でも。パパはきっと、あなたとのこと許してくれないと思う」

ほとんど気を失いそうになるほど長い沈黙の後で、彼女はやっと口を開いた。こんな答えなのに、彼女の声が聞けて幸せだった。それに彼を嫌がっているのは彼女のパパで、彼女ではないのだと思うと、ドゥモはハミングアローの足許で転げ回って喜びのダンスを踊りたくなった。

とても気分がいいときにドゥモが仲間内で披露するのは、亀ダンスだ。のっそりとした動きや、危険が迫ったときの意外と早い逃げ足。そんな亀の動きを精巧に真似たダンスは好評だったが、彼は不屈の精神力でもって、彼女の足許に身を投げ出して亀ダンスを披露したい衝動を抑え、ほんの少し彼女ににじり寄り、誓った。

「もっと立派な男になるよ。君のパパが認めざるを得ないくらいに」

聞き耳を立てて静まり返っていたティーピーの中から、いきなり大きな咳払いが聞こえてきて、彼らの初めてのデートは終わりを告げた。

ハミングアローが去り際、「いいよ」と吐息のような小さな声で囁いた。あまりにも小さな信号だったので、彼は一瞬幻聴かと疑ったけれど、それは紛れもなく彼女の少し分厚い唇から出たものだった。

明日の世界はきっと、もっと愛に満ちた所になるだろう。

信じる能力に誰よりも長けた青年は確信した。

二回目の毛布のデートもやっぱり彼女の家族の咳払いで早々に切り上げさせられたが、ドゥモは、最近ハミングアローが特に悩みがあるわけでもないのに寝つきが悪く、知らない間にあまりたちのよくない精霊に何かされているんじゃないかと不安がっていることを突き止めた。

彼女のためには、月だって取って進ぜようという所存のドゥモは早速、エルク・ドリーマーの所へ出掛けていった。近頃エルク・ドリーマーは、インベーダー達の持ち込んだ悪魔の水で、昼も夜もなく正体不明になっていることが多かったが、素面《しらふ》の時の彼の力は、外の世界にも知れ渡るほど確かだった。

ドゥモは数日のあいだ、エルク・ドリーマーの様子を岩陰から伺い、やっと素面になったらしいところを見計らって、彼を訪ねた。五枚のバッファローの皮を差し出し、笛を作ってくれと依頼すると、エルク・ドリーマーは、五枚ぽっちじゃとても引き受けられないとすげなく断ってきた。

エルク・ドリーマーが村八分状態に陥ってしまったのはこのためなんだ。彼らの伝統では、グレートスピリットから授かる能力はどんなものでも、自分のものじゃない。授かった能力はみんなのために使い、決して私利私欲のために乱用してはならないのだ。

彼も昔は素朴で思いやりのある人間だった。エルク・ドリーマーになってからは特に、鹿の精霊の力を借りて何組ものカップルを成婚させた、素晴らしい呪術師だった。勿論、それで対価を得るなんて、インベーダー達に出会うまでは思いもよらなかった。だが彼は、変わってしまったのだ。

ある日彼の元に現れたインベーダー達は、あの恐ろしい琥珀色の水を持ってきて、友情の印だと言って無償でそれを振る舞った。不思議なことに、地面が歪んで立てなくなったのはエルク・ドリーマーだけで、一緒に飲んでいたインベーダー達は、顔がちょっと赤くなりはしたものの、最後まできちんと座り、立ち去る時にも歩調は乱れなかった。無償でエルク・ドリーマーに酒を振る舞ったのは最初の数回だけで、その後はバッファローの皮か、部族に関する情報の提供がないと、酒をくれと懇願するエルク・ドリーマーの願いは聞き入れられなくなった。あまりに彼らと親しくなりすぎたエルク・ドリーマーは、やがて自分がネイティブアメリカンであることを忘れ、彼らのやり方をそっくり真似るようになった。彼に恋の相談にやってきた人々から、何かしら対価を受け取らないことには、神聖な力を使おうとしなくなったのだ。

家族のティーピーからは放り出されたが、部族からの追放は目下のところ免れている。酔っても他者に危害を加えるということはなく、ただへべれけになって周囲の物にぶつかり、物を転倒させ、訳の分からない陽気な世迷言《よまいごと》を呟き続けているだけだったので、部族のみんなのティーピーから少し離れた場所でなら留まることを許され、渋々ではあったが、バッファローの肉を分け与えてもらう権利も取り上げられてはいなかった。だが近頃は、相談者に吹っ掛ける対価が法外なものになりつつあったので、この権利もいつ失うか定かではない。

「バッファローの皮五枚と、三日分の肉を五回持ってくるのはどう？」

まだ部族から完全には見放されていないとはいえ、近頃は彼に食料を与えるのを拒みはじめた狩人が多い。エルク・ドリーマーが食うに困りだしているのを、ドゥモは知っていた。

「皮だ。皮だよ坊や。肉なんかじゃ奴らから何にも取れないからな」

酒に変える皮なんかよりも、腹を満たす食事のほうがよほど今の彼に必要そうに見えたが、ドゥモはエルク・ドリーマーの言い分を聞き入れた。

「皮八枚」

「駄目だ。十枚にしろ。バッファローの皮十枚だ」

なんでまだこの男に力が宿っているのか、ドゥモは心底不思議だった。けれど偉大なる精霊は、みんなが見放しはじめているこの男を、まだ見放すつもりはないみたいだった。

ドゥモはそれ以上ものを言わず、じっと相手を見据えた。憐憫と反感と、そしてまだ彼の中にある、神聖な力を失わずにいられるだけの何かに対する尊敬とがないまぜになった、雄弁な視線。

「ああ、分かった。分かったよ。初回だけだ。今回だけだぞ。今回だけ特別に皮八枚で手を打ってやる。笛だと言ったな。任せとけ。お前さんが一吹きすればハミングアローがいちころになるお前さん専用の笛とメロディーを授けてやろう」

「ちがうよ、おじさん。僕が欲しいのは、彼女を誘い出してその気にさせる蠱惑の笛じゃないんだ」

笛作りの道具を取り出しはじめていたエルク・ドリーマーは、手を止めてドゥモを振り返り、変な顔で彼を見た。エルク・ドリーマーの眉間には大きくて平たいほくろがあって、顔を歪めるとそれが余計に誇張され、元々面白い顔がますます面白くなった。ドゥモは後に、この時の彼の顔を何度も思い出すことになる。思い出すたびに面影は微妙に変わっていき、初めはただの素っ頓狂な印象だったものが、やがて切実な印象に成り変わっていった。

最期の時、エルク・ドリーマーは笑ってはおらず、悲しんでもいず、苦悩に顔を歪めてもいなかった。相手を威圧するほどの威厳に満ち、両手を組んで、レッドシダーに背をもたせかけながらも直立不動だった。死にゆく者の唄を高らかに歌い、浴びる銃弾で蜂の巣になった後でさえ、彼はその姿勢のままだったのだ。インベーダー達に殺された人はみな頭皮を丸ごと剥がれてしまうのに、なぜかエルク・ドリーマーの頭皮だけは無事で、ドゥモが駆け付けた時には潔《いさぎよ》い死に様を思わせる跡だけがその場に残っていた。だからドゥモは、襲撃犯を追いかけて殺害し、エルク・ドリーマーの頭皮を取り返すようなことはせずに済んだんだよ。

もう一度見せてよ。おじさんのあの変な顔。ドゥモはちょっと微笑んだが、返る木霊《こだま》はなかった。

「おいおいおい。蠱惑の笛がいらないってんなら、一体何しに来たんだ」

エルク・ドリーマーは不満げに言った。思いつめた表情で相談に来て、若者には荷が重いバッファローの皮八枚なんて進呈物まで約束したのなら当然、欲しているものは一つしかないじゃないか。鹿の神秘の力を借りて対象の人物に魔法をかけ、夢遊病者のようにして家族のいるティーピーを自ら抜け出させ、笛の主の所までふらふらとやってこさせる蠱惑の笛。娘が笛を奏でる青年の元までやってきたら、青年はエルク・ドリーマーのティーピーまで彼女を連れてくる。エルク・ドリーマーがパチンと指を打ち鳴らせば、催眠は消え、彼女は我に返る。あとはもう簡単。他力とはいえ男の元に自ら足を運んでしまった娘は、観念するかその気になるかして、青年の求婚の申し出を承諾する。あれだけ念を入れて守っていた貞操も、鹿の精霊のお導きとあっては致し方あるまいというわけさ。

「ハミングアローがよく眠れるような笛を作ってよ。彼女最近、別に悩みがあるわけでもないのに寝つきが悪くなったって。何かたちの悪い精霊にいたずらされているかもしれないんだよ。だからそいつを宥めすかして、ハミングアローの元から去らせるような、そんなメロディーを僕に授けてくれ」

できればそのメロディーを聴いて眠った夜は、笛の主を夢に見るような呪文をかけてくれと、ドゥモは言いかかったが、彼らの伝統では夢は神聖なものだったので、それを操作するなんてことは不敬な気がして、この頼み事はしないでおくことにした。

こうして彼の日常には、狩りをする仕事と叔父について色々学ぶ役目以外に、ハミングアローを寝かせつける仕事が加わった。彼女が家族と一緒に寝ているティーピーまで出向いていき、外からそっと、ぐっすり眠れるメロディーを送るのだ。

季節は巡った。あらゆる季節のなかで、時には上半身裸で、時には頭から毛布を被り込んで、彼は笛を吹いた。彼女達の眠るティーピーに背を預け、空を眺めて笛を吹く夜には、彼の好きな静寂があった。来る日も来る日も星を眺めて笛を吹いていたので、彼の瞳の中にはいつしか、天の川が映り込むようになった。

ハミングアローは、その瞳を好きになった。彼の吹いてくれるメロディーは、他では聞いたことのないような音色で、同じ一本調子のメロディーなのに、日によって聞こえ方が違った。クスクス笑いの声のように聞こえる日も、叶えられなかった夢の断片が瞬く音のように聞こえる日もあり、そしてなぜか、大好きだった叔母がよく歌ってくれた、懐かしい頌歌のようにも聞こえた。頌歌は、今はそのまま叔母への哀悼歌になっているけれども。

彼の笛の音なしには眠れなくなってしまったと、ハミングアローは父に告げた。キッキング・バードは、ドゥモが若くして死ぬ運命にあることを娘に思い出させようとしたけれど、彼女はそんなことは初めから分かっていると反駁した。

「分かっていやしない。お前は何にも分かっていないのだ、娘よ。愛する者を理不尽なほど早くに亡くすことが、どれほどの痛手になるか……。魂が損傷する。心が傷つくのではない。魂そのものが損傷するのだよ、ハミングアロー。そんなにも若いうちから」

ハミングアローは泣いた。大粒の涙を流している時でさえ、彼女は相手の瞳を真っ直ぐに見つめるのをやめなかった。自分の瞳の中にも、彼の中にあるような天の川の光があればいいのにと、彼女は思った。

ハミングアローに中国の昔の詩なんて知るいわれはなかったけれど、もしも知っていたなら、パパにこんなふうに言ったんじゃないかな。

永《なが》に
願わくは履綦《りき》のごとく
双《なら》び行き復《ま》た双び止まらんことを

彼女は詩を唄う代わりに口を閉ざした。父は勿論、父の言うことを聞きなさいと諭す祖母と母にまで、口をきかなくなった。初めの頃は彼女のほうが先に折れるだろうと誰もが思っていたけれど、ハミングアローは断じて折れなかった。半年も彼女から無視され続けた祖母と母はしまいに泣き出し、特に祖母のほうは、余命幾ばくもない老体に鞭打たれでもしたかのように、ハミングアローの態度に痛み入ってしまったのだった。

「息子よ。頑なになるのはやめなさい。もしあの若者がすぐに死んでしまっても、彼には立派な叔父がいるではないか。スタンディング・ベアは私の子を娶ることになるが、あの立派な男のことだ。あの子を妻としてではなく、養女として大切に扱ってくれるだろうよ」

たった一人の孫娘を今や失いかけている老婆は、顔に刻まれた数多《あまた》の皺をゆゆしげに寄せて言った。

「お義母さん。あなたはどこまで分かっておられるのですか。ハミングアローの思慕の深さを……。あなたの言うような未来になればいいでしょう。しかしあの子は、夫になったドゥモが死ねばきっと自分も死にます。あなたはあの子を殺そうというのですか」

老婆は黙った。黙って息子の顔をしげしげと覗き込み、確かな未来をその瞳の中に探ろうと試みた。

「ドゥモからあの子を遠ざけておいて、ほとぼりがさめた頃に、もっと長い将来を約束できる身持ちのいい男と暮らさせてやるべきです」

老婆はこの意見を聞いて、彼の瞳の中には未来など存在しないことを悟った。

「正しいように聞こえるお前の意見はしかし、どこかが間違っているよ」

彼女は首を横に振り、動物の骨で作ったネックレスの玉を弄《いじく》りながら、うんざりした様子でティーピーを出ていってしまった。

ハミングアローの祖母はこの日、孫娘とドゥモの関係を支持すると表明した。年長者の影響力は偉大なもので、祖母が二人を連れて出歩くようになると、二人の関係は半ば公式なものとして認められるようになり、ドゥモとハミングアローが二人で連れだって歩くようになっても、眉を顰《しか》める人は少なかった。とはいえ家長の意見を重んじる人達もいて、いくらハミングアローのおばあ様が認めたからといって、夫婦でない者が二人だけで出歩くのは軽率だという意見もあったんだ。

いろんな悶着があって、そりゃあ実にいろんな悶着があったが、それでも彼らは結ばれた。ハミングアローは一年半ものあいだ父親を遠ざけ、祖母と母を味方につけてついに勝利したのだ。キッキング・バードの娘を想う愛情は、娘が父を想う愛情よりも大きかったので、結局より深く愛している側が折れざるを得なくなるのは、当然の成り行きだった。

「だけど一つだけ約束してくれ。彼が死んでも、後を追わないでくれ。お願いだハミングアロー。この誓いを、君に求めたい」

生まれて初めて、誇り高い男は懇願した。

「約束する」ハミングアローは誓い、生まれて初めて、父を抱きしめた。

彼らの約束に嘘はなかった。彼らの生きる世界に、約束を違えるなどという蛮行は存在しない。

インディアン嘘つかない。小馬鹿にした調子でこの言葉を放つ人を、いまだに見かけることがあるよ。テントウ虫ちゃん。こんな品のない冗談に隠された歴史は、とても悲しいものだ。だけどここではその悲しみや苦しみを一つ一つ数え上げるのはやめておくよ。そうだな。僕は君に、人々の生活の楽しかった記憶や、幸せだった日々を覚えていてもらいたいな。

キッキング・バードの心配は、現実にならなかった。なぜなら先に死んだのは彼と、彼の知るドゥモ以外の家族、親族、仲間、そして娘の全員だったからさ。ドゥモは部族の最後の一人になった。インベーダー達はドゥモが、まだみんなが寝静まっている早朝にティーピーを出て、一人川の畔で瞑想していたことに気がつかず、ドゥモは、彼らの仕事の早さに追いつけなかったのだ。

ほとんどすべてのもの。馬や皮や毛布や干し肉、ドゥモの一張羅のトルコ石のネックレスや、なぜか知らないけれどハミングアローと母さんが編んだ籠まで持ち去られていた。他の家族のティーピーもみな同じような様相だった。頭の皮を剥ぎ取られた仲間達は、何発もの銃弾を浴びて横たわっていた。彼はまだ息をしている仲間を探したが、一人もいなかった。ドゥモとハミングアローには子供がいなかったけれど、ハイホースや他の仲間達の赤ん坊はいったいどこに行ってしまったのだろうと、彼は不審に思った。

ドゥモは知らなかったけれど、赤ん坊もそこにいたんだ。ただ当時の最新式連射銃は性能が良かったので、赤ん坊のような小さな者は木っ端微塵に飛び散ってしまって、人間の形状を保てなかったんだよ。

ハミングアローにグレープ・バグ、ブライト・アイや、彼の昔から知っている女の子達女性達に至っては、頭皮だけでなく性器まで切り取られていた。それが何に使われるのか、彼は想像もしたくなかった。

どんな姿になっても。あなたは私の夢だ。愛しい人。

彼は惨殺された自分の妻から目を逸らさなかった。

そっと瞳を閉じて昨日を想う。夢のなかではみんなまだ生きていて、日々は美しかった。

同じ部族ではないけれど、インベーダー達と交戦中の同胞が、少し離れた場所にティーピーを張っていることを知っていた彼に、道は一つしかなかった。早く危険を知らせ、共に戦わなければならなかった。本当はその前にみんなを、先祖の丘には埋葬できなくとも、せめてその場に埋めて、部族に伝わる正式なやり方で弔ってあげたかったけれど、彼一人では、全員を埋葬することは不可能だった。

インベーダーの農家から馬を一頭盗み、出発する日。彼は死戦に挑むにあたり、偉大なる精霊の加護を受けるためと、一足先に旅立ったみんなに祈りを捧げるために、聖なる山に登った。それまで気がつかなかったけれど、御山に登るのはいつかのビジョン・クエストの時以来だと、彼はふと思った。

季節は目まぐるしく巡り、あれからいくつもの冬を数えてきたのに。彼の目には今日の景色が、あの日と同じに見えた。流れゆく雲も、青空も、風の囁きさえ。

あの頃はまだハミングアローを知らず、誰にも見せなかったけれど、時々父と兄を恋しく思って泣いていた。叔父さんは、美しい狩法の談義のときよりほかにはあまり喋らなかったから、もしかしたら密かに泣いている私を知ってはいても、知らないふりをしてくれていたのかもしれない。そういやあの頃、エルク・ドリーマーとは、まだ話をしたことがなかったっけ。あんな厳めしくておっかなさそうなキッキング・バードの息子になるなんて、思いもしなかったな。いち早く私とハミングアローの味方になってくれたおばあ様は、あの頃はまだ皺が二、三少なく、足を痛めていなかったので、外を歩いていた。泳ぐのが好きな人だったから、川に行けなくなってしまったのが可哀そうで、この頃は私とハミングアローとで、毎日川の水を汲んできて、身体を洗えるようにしていた。おばあ様は「お前が口をきいてくれなくなった時」と、事あるごとに過去を蒸し返して、ハミングアローを困らせるのが趣味みたいだったけれど。しつこく愚痴っている時でさえ、あの人の声は、まるで鼻歌のようだったな。

とめどもなくそんなことを考えながら、彼はふらふらした足取りで、山を一歩一歩登っていった。祈りを捧げ終えてふと見ると、どこかで見たことのあるような青年が、祈っているのか死にかけているのか、座ったまま項垂れていた。ドゥモはもっと近くから様子を窺ってみようと寄っていったが、ある程度まで近寄ると、それが誰なのかを思い出した。

色んなことを教えてあげたかった。愛したこと。愛されたこと。けれどこの結末を、まだ何も知らない彼に教えるべきだろうか。

いざ青年の前に立つと、教えてあげたいことは、どんなことも言葉にならなかった。青年が訊いてきたことと、青年が知りたいと思っていることを答えてあげるのが、精いっぱいだった。

さあ、テントウ虫ちゃん。そろそろ僕らも、ドゥモとお別れだよ。知っているかい。彼らの言語には、「さようなら」という言葉は存在しないんだ。「またね」と言って別れるか、またの機会があるかどうか分からないときには「あなたはここにいなさい。私は行く」と言って立ち去るんだよ。

沈みゆく日の大地に、稲穂が黄金のように輝いて、風に吹かれている。山があり大地があり、染まりゆく大空がある。立派な風貌の男が、その景色のなかに立っていて、僕にそんな言葉で別れを告げるんだよ。

あなたはここにいなさい。私は行く。

待ってくれと僕は縋った。行かないでくれと。けれど彼は僕に背を向けて、沈みゆく夕陽の中を静かに歩いていき、やがて見えなくなった。以来僕は、山や海やビルの向こう側に、僕らを置き去りにして沈んでゆく陽を見るたびに、運命を思うようになった。朝日がまた昇るじゃないかと、知らない人は言うだろう。けれど過ぎ去った日々は、二度とは帰らないのだ。

この世には悪魔がいるのかだって？　テントウ虫ちゃん。そんなものはいないさ。いるのはただ、果てしなく弱い人間だけだ。その弱さが時には、贖《あがな》えないほどの悲劇を生むんだよ。

話は少し変わるけど、僕は一度、彼が生まれ育ち、そして文句一つ言わず太陽と共に沈んだ土地を踏んだことがある。その頃僕はまだ英語を満足に話せなくて、ホームステイ先のファミリーはそんな僕にかなり我慢強く付き合ってくれてね。お陰様で今じゃ、Ｒの発音を一切使わずに立派な英語を話せるようになったよ。

僕がその地に着いた時には、彼が生きた故郷の姿などどこにも残っていなかった。バッファローが走る大地だって？　そんなものファンタジーか何かじゃないかと思ったよ。

一日一日を生き延びることは紛れもない現実に思えるのに、時が過ぎ遥かになれば、それは生きた痕跡になりやがて歴史になる。更に時が過ぎて、大地も街も何もかもが変容してしまうと、過去は現実を離れ夢と区別がつかなくなるものさ。こういった現象は、一人の人間の時間軸のなかでも起こりうるものだね。幸せだった時を思い起こせば、それはまるで夢のようで。

ホームステイ先の家にはパパとママとばあちゃんと、僕よりいくつも年上の兄ちゃんが一人、僕より一つ上の双子の兄弟、一番下に、まだ五歳にもならないのにえらく生意気な女の子が一人、それに、ジュラ紀から生きているんじゃないかと疑いたくなるような老犬(汚すぎて分からなかったが、多分コモンドールだ)がいた。ママとパパが大層綺麗好きだったので、家のなかも芝生の庭も、僕がいた三カ月のあいだずっとピカピカだったよ。あの家で汚かったのは犬くらいさ。僕は何度そいつをモップと間違えて物置にしまおうとしたことか。あいつ、番犬には向いてないな。僕が触ると嬉しそうにクンクン鳴いて、尻尾なんか振っちゃってさ。まるで生まれたてのパピーみたいなんだ。それもクリスマスなんかに、首に金色のリボンをかけられて、赤と緑のきれいな絵柄の紙箱の中から、あらびっくり！　おでましになるタイプのパピーなんだな。

僕は大体の時間を双子と過ごしたけれど、この双子と上の兄ちゃんがまたとんでもなく瓜三つなんだ。初めて会った時、僕はなんだか感動しちゃったな。ＤＮＡの神秘を目の当たりにしているみたいでさ。きっと一人にはさせないと、お互い同士が固く誓い合って生まれてきたみたいに、三人とも仕草や考え方までそっくりでね。三人で一つの命を分け合って生きている印象を、彼らは人に与えるんだ。

パパとママは必要以上に子供達に干渉せず、だけどいざとなったら何を置いても彼らの味方になる、そんな意志を感じる人達だったね。そして僕に対しては、彼らに対する愛情の三十分の一くらいの、ほどよく薄まった素敵な愛情をもって接してくれた。

ママは毎日僕に、肉とレタスとチーズを茶色いパンで挟んだサンドウィッチと、何味か分からない緑色のゼリー、それにオレンジを持たせて送り出してくれ、パパは毎日僕を、ご愛用のトヨタで学校まで送り届けてくれた。僕が車を降りるとき、彼は必ず「楽しんでおいで。楽しめないことがあれば僕に言うんだよ、トゥーヤ」と声を掛けてくれたものだ。

八十二歳のばあちゃんは、別に何をしてくれたというのではなかったけれど、まあ見ていて面白い婆さんだったよ。彼女、娘と息子より元気なんだ。もしかしたら孫たちよりも体力があったんじゃないかな。彼女が「少し疲れてしまったわ」と言ったのはたった一度きりで、それも正午過ぎから酒を煽って徹夜でポーカーをやり、翌日ビーチへ泳ぎに行った日の帰りのことだった。そんなことしてりゃ誰だって疲れるさ。そのくせ健康には気を使っているみたいで、色々混ぜすぎてヘドロみたいになった野菜スムージーを毎朝、バケツくらい飲んでたよ。まだ生きる気なんだね。

グリーン家の子供達は、生意気な四歳と九カ月児を除いて、みんな親切だった。ちょっと押しが強くていささか独善的で、そんな奴にありがちな有り余る筋肉で全身が包まれているようなところもあったけれど。三人とも、人差し指でちょっとスマホをタップするようなときにも、全身の筋肉を使うんだ。戦車でもどけるつもりなのかと思ったね。

「なあトゥーヤ。お前、国の味が恋しいだろ。俺達には分かるんだ。俺達も外国を旅した時には、うちの母さんの作るグレービーソースに漬け込んだリブ肉だとか、近所のパンダエキスプレスで食うフライドライスが懐かしくてならなかった。心配するな。ちょっと車を走らせたところに日本の食材を売ってる店があるんだ。俺達、そこで色々買ってきてやるよ」

双子と兄ちゃんが、旨そうにママのサンドウィッチを食ってる僕の心の裏を読んだと主張した次の日、食卓にはでかいスープボールが並んで、日本では一度に飲んだことのない量の味噌汁が提供された。味噌汁の中にはうどんが浮かんでいたよ。でも意外と悪くなかったな、あの妙な料理。

三人の兄弟は、味噌汁が口に合わないことはひた隠しにして、「いけるな」とか「うん」とか言って頷きあいながら最後まで完食し、四歳と九カ月児はキレまくって、いつもの食事をよこせと抗議していた。水色の幼児用フォークを槍のように突き立てて、兄ちゃんたちの喉元に光らせていたっけ。

瓜三つ兄弟は自分達に全然似ていない、金髪で、普通にしている時は涼しげな目元の、よく育てばケイト・ブランシェット風、悪くすりゃムショの中の囚人みたいな風貌になりそうなこの妹を、底抜けに甘やかしていたんだ。

当時の僕には、ネイティブが喋る赤ちゃん用語を完全には理解できなかったけれど、彼らの妹に話しかける時の情けない声、記録的なまでに伸びきった鼻の下、僕らなら生涯使うことがないであろう、海でも割ってのけそうな雄大なジェスチャーで、大体何を言っているか分かった。怒らないでぇー、リヴァたん。あらあら、お口に合わないの？　まあ大変、後でいいもの食べさせてあげまちゅからねぇ。えっ？　今すぐよこせ？　まあ、しょうがありましぇんねぇ。はい、リヴァたんの好きなニンジンベーグルでちゅよー。

日本語に訳すなら、兄ちゃん達が言っていたことはまあ大体こんな感じだ。素晴らしい馬鹿っぷりだったよ、三人とも。普段の彼らは明敏にものを言う冴えた人達だったんだけどね。一番上の兄ちゃんなんて、地元のディベート大会で何度もチームを優勝に導いてきた輝ける口達者だったのにさ。妹が相手となると、みんないきなり偏差値がサボテン並になるみたいなんだ。

そんなこんなで僕は、汚い犬をうっかり物置に運びかけたり、学校でアメリカの文化と言語について学んでいる最中に、毒々しい赤色をしたねじり棒状のソフトキャンディーを食わされて、不味さで死にそうになったり、教会に行ってさしたる意味もなく祈りの言葉を唱えたり、アーメン。それから、教会が主催するチャリティーバザーを手伝ったり、崩れかけたあばら家の慎ましいライブパーティーに出掛けて、酒に酔いつぶれ、瓜三つ兄弟とその友達二人と僕とで、駐車場にあった知らない人の車に放尿したり、遊園地に魔の四歳と九カ月児を連れて遊びに行かされ、一日を台無しにしたりしながら、アメリカの中流一般家庭生活に大いに親しみ、楽しく過ごしていた。

僕らは大体において面白おかしく日々を送り、同じものを食って、同じ所で寝て（フカフカのベッドの上とか、駐車場の横にある空き地の地面の上とか）、スケベな動画やグロい映画では、同じ個所で同じように反応した。

だけどね、テントウ虫ちゃん。たった一つだけ、僕達は意見を同じにできないことがあったんだよ。

あの頃の僕といえば、といってもそんなに昔のことじゃないけれど、驚くほど呑気な奴だったな。だって、スミソニアン博物館って所が何を展示しているのか全く知らなかったし、興味も湧かなかったんだからね。なんとなく彼らが博物館に行く気になったので、僕もついていくことにした。そんな感じだったたし、そうだと思っていたんだ。未だにそう思っているよ。だってあの瓜三つ兄弟が何かの意図を持って、僕をわざわざスミソニアン博物館の別館なんかに連れていくはずはないからね。もし万が一意図があったとしても、それは決して意地悪な意味じゃなく、味噌汁うどんを作ってくれたみたいな、ほんの少しだけ的を外した親切心にほかならなかったのだろう。

僕があそこで見たものは、禍々しい物体ではなく、醜く黒光りし、見る者の心に不安を呼び覚ます塊でもなかった。悲壮な感じは全くなくて、それどころか、世界中の銀の匙を溶かして固めたみたいに、とてもきれいな銀色に輝いていたんだよ。もしも快晴の空の下をこの機体が飛んでいて、偶然宇宙人が通りかかったなら、その優雅さと誇らしげな巨体に、思わずウインクしたくなるだろうよ。それが、僕の見たエノラ・ゲイだった。

エノラ・ゲイの羽の下では、日本の馬鹿ボムが、可愛らしいとさえ思える小さな機体の上で、桜花を散らしていたよ。

僕は特に何も言わずそれを眺め、ちょっとパネルの説明を読んで、それからそこを後にした。グズグズしている三人を置いてね。外の空気を吸いたかったんだ。訳などないよ。ただそんな気分だったんだ。僕がさっさと立ち去ってしまったのを見て、三人は慌てて追いかけてきた。お土産ショップの前なんて通らなきゃよかったのに、僕は迂闊《うかつ》にもその前を通り、見つけてしまったんだね。エノラ・ゲイを模した飛行機のおもちゃを。

どうしてそんな議論になってしまったのか分からないよ。だって僕は、その件については一言も話したくない気分だったんだからね。いつ始まったのか定かじゃない議論は、気がつけばこんな展開になっていた。

「そりゃ、そこに住んでいた人達は可哀そうだったよ。だけどトゥーヤ。もし原爆の投下がなければ、被害は僕らの国にとっても君の国にとっても、もっと甚大なものになっていたはずだよ。僕らのじいちゃんやばあちゃんも、もしかしたらトゥーヤのじいちゃんやばあちゃんだって、あの決定打がなければ、もっと戦争が長引いた挙句、死んでたかもしれない。そうすりゃ僕たちは生まれてないじゃないか。僕は君に出会えたことを神に感謝するよ。そしてそれは、歴史がこの通りにあったからなんじゃないかな」

「君は、誰かに出会えたことを神に感謝するのと同じ心で、誰かを首尾よく焼き殺せたことを神に感謝しているんだね」

「トゥーヤ、そんな言い方ってないよ。もっと冷静に考えてくれ。こんなこと言いたくないけど、先に始めたのは日本なんだよ。それに日本はあの頃、ドイツと組んでたじゃないか。あれはナチとの戦いだったんだ。僕らの上の世代の人達にとってはね」

「だけど広島の人と長崎の人は、ハイル・ヒトラーなんて言ったこともなければ、ガス室のことなんて知りもしなかったよ」

「パールハーバーを忘れるなよ」

言葉もなかったよ。そのキメ台詞は人生の中で何度も聞かされてきたし、なんならマイケル・ベイの『パールハーバー』を、ポップコーン片手に観ていたさ。ヒロインが優柔不断だとヤジを送ったりしてね。

僕らのじいちゃん達が、なんであんな無茶苦茶な戦いをおっぱじめたのか、僕は知らない。でもその訳を正しく知っている人はもうこの世にはおらず、できることといえば、毎年夏が来るたびに、なんで始めたのか見当もつかない先の戦争の大反省会を、国民総出でやるだけだ。

彼らは話の終わりにこう言った。

「エノラ・ゲイは、見方を変えれば平和の象徴でもあるんだよ」

僕は彼らを見た。三人の顔をそれぞれ交互に眺めてみたけれど、その瞳の中に確かな未来があるのかどうか、僕には判断がつかなかった。

「君もなの？　君たちも、当時の人間でない君たちも、本気で原爆を平和の象徴だと思っているの？」

怒り狂えばよかったのか。それとも泣けばよかったのか。僕はそのどちらもできなかったよ。

彼らは、僕の問いには答えなかった。答えないでいることが、彼らにとっての友情の示し方だったのだと、知ったのはずっと後になってからだ。

随分見つめ合った後で、三人は答える代わりにこんなことを僕に訊いた。

「僕達は、君になんて言えばいいの？」

なんて言って欲しいの？　とは言わずにいるだけの育ちの良さが、彼らにはあった。

「そして君は僕達に、なんて言いたい？」

僕は答えなかった。腹立たしくて答えなかったのではない。当時の僕は、答えを知らなかったのだ。

それを見つけたのは、何年も経って、あの時の問答を忘れた訳ではないけれど、もっと卑近なことが場所をとり、アメリカでの日々が、段々と過去の一括りに成り変わりつつあった時のことだった。

ある夏の日に、ネットの動画を見ようとしたんだ。いつものように、くだらなくて笑えるおふざけ動画でも見ようと思ってね。ところがその季節に上がっていたのは、気楽な気分を一瞬で消し去る、深刻至極な動画だった。

焼け野原の中で背中に赤子を背負いながら、カメラマンの前を通り過ぎてゆく男の子の映像。その映像の背負われた赤ちゃんが、ご老人になり、生まれて初めて取材に応じた動画だった。

「生きておりました」

玄関を開けて出てきたご老人は、開口一番、弾けるような笑顔でそう言った。あの人の表情が、僕の心に今も焼き付いているよ。とても鮮明にね。元気溌剌なご老人は、ご来光の日の出みたいな雰囲気なのに、彼の瞳を見ていると、澄めるところの川の水を想うのだ。

短い動画でね。すぐに見終わってしまったよ。最後にその人が、自分を囲んで話を聞いている子供達に語ったことは、なんだったと思う？　広島・長崎を忘れるな。ではなく、この恨み連綿として尽くることなし。でもなかった。

「人を好きになってね。人を嫌いにならないでね」

その人は、そう言った。

ねえ、テントウ虫ちゃん。どうか人の言葉によく耳を傾けてね。それは本であったり、動画であったり、会話であったりするけれど。どうかいつも、誰かの祈りの声が聞こえる君であってね。祈詞《のりと》は、荘厳な聖句や難しげな経典の中にばかりあるのではないのだから。

時には、僕らのご先祖様の品性を疑わなければならないこともあるだろう。時には、それまで信じてきたことが根底から崩れ去り、何を思えばいいのか分からないほどの悲しみに出会うこともあるだろう。けれど、目を逸らしたくなるようなときにも、どうか見つめることをやめない君でいてね。

今なら、彼らに答えることができるだろうか。今なら、沈みゆく太陽と共に去っていったドゥモの心が見えるだろうか。

もしも彼らとまた話をすることができたなら、僕は遅ればせながらこんなふうに答えるよ。

「僕の国はほとんどの人が神への信仰にそれほど熱心ではなく、僕だって常日頃から神に祈るなどということはしない。だけど、真剣に祈りを捧げることがあるなら。そんなときには、僕は君達や、君達の愛する人達の上に、過去の誰かの上に降りかかったような無慈悲な太陽が、降りかかりませんようにと。それだけを祈りたい」

おっといけない、もうこんな時間だ。少し喋りすぎたかな。さあ、そろそろおやすみ、テントウ虫ちゃん。いい夢を見るんだよ。

昴―スバル―

東京からほど近いところにある千葉県I市の住宅街には、貧弱なアパートがあり、その一室にゴミ屋敷がある。外観からはそれと知れない。カーテンは昼夜問わず常に閉め切られていて、室内の様子を窺うことはできず、玄関先には傘立て一つ置かれていない。ポストに広告のチラシが山積みというわけでもないし、むしろこの部屋のポストに、何らかの便りが届けられるなどということはない。103号室の住人の名誉のために言い添えておくと、ポストにチラシも葉書も入っていないのはこの部屋だけでなく、建物内のすべての部屋のポストが似たり寄ったりの閑散っぷりだった。

惨劇のようにぼろい建物の外観を見て、ピザ屋のチラシを配りに来た青年は、こんなところに住む人間に二千円もするピザを頼ませようとするなんて馬鹿げていると首を横に振り、建物の前を素通りしていく。脱毛サロンのクーポンつきチラシを配りに来た女性はその建物に気付きもしないし、水管修理のチラシを配りに来た中年の男は、ちょっと立ち止まって思案はするものの、以前ここの一室の工事をした時に、会計のことで住人と一悶着あったことを思い出して不機嫌になり、顔をしかめながらその建物を通り過ぎるのだった。そんなわけでここ堀江荘の住人達は、世の中の人の財布をつけ狙うあらゆる誘惑や勧誘から、ほとんど完璧に守られていた。

すこぶるぱっとしないこの界隈は、大体いつ見ても薄ぼんやりとした灰色のコンクリートの上にあって、洒脱とは無縁のマンションや一軒家が、なんの計画性も配慮もなしにひしめき合っていた。住宅街の真ん中には無意味なほど小さな公園があったが、財政難の街はこれを放棄し、ボランティアで手入れに来る人もおらず、雑草が伸び放題でむさ苦しかった。公園にはベンチがひとつ、地面に釘付けにされていたけれど、雑草や虻蚊を果敢に倒してわざわざそこに座りに行こうとする者はいない。

そんな公園にあって唯一目を引くのは、ベンチに頷くように垂れかかる百日紅《さるすべり》の木だ。幹は太く木肌は艶やかで、街のなかではこの木ひとりが満ち足りているようだった。夏になると目覚めるように鮮やかな桃色の花を咲かせて、人知れず微笑む。

１０３号室には初老の男と、お世辞でなら若いと言えなくもない年恰好の男が二人で住んでいた。男達は六年ほど前に越してきて、以来そこに住み続け、五年前にはゴミ屋敷を完成させて、その独特な砦の中にほとんど完全に隠れてしまった。

二人は使えない公園が近くにあることは知っていたけれど、そこにある木が夏になると美しい花を咲かせることは知らなかった。二人ともほとんど外出せず年中家の中にいて、部屋の狭さと互いの体積を呪い合うくらいしかやることがないうえに、近頃の夏はなんといっても殺人的に暑いのだ。外出を快適なものにする携帯用扇風機や冷却バンドを買う金はおろか、水を凍らせておくだけの電気代にすら事欠いていたので、そんな時期に悠長に近所を散策して、花の鑑賞なんぞしている場合ではないのだった。

二人は己の生死に対する関心をとうの昔に失っていたが、寒さや暑さに感じる不快感はまだ身に残っていた。といっても、この頃はその感覚も、世間の人と比べるとかなり鈍重になりつつある。夏というのは実際問題、いかに本人達が己の生死に無関心だったとしても、ゴミ屋敷に生きる人間にとっては死ぬか生きるかの過酷な時期なのだ。

電気代を払えた幸運な月には、男達はそれぞれ自分の額の上に、汚いビニール袋に入れた氷をあてがって、それがずれ落ちないようにじっと寝転がり、日がな一日染みだらけの天井を眺めて暮らした。電気を止められた不運な月には、暑さに耐えられなくなるたびにゴミの山を掻き分けて風呂場へ行き、水を頭からかぶる。二人は水道代と家賃だけは欠かさず毎月支払うようにしていた。家賃を払うのは、取り立てに来た大家にドアを開けて、天井まで積み上がった立派なゴミの玉座を見せる勇気がないからで、水道は、彼らの何よりも大切な生命線だった。飲み水がどうという話ではない。そんなものは、近所の家にあるラブラドールレトリバーの足を洗う用に取り付けられている庭の水道栓から、ババアと犬が寝静まっている間に拝借しに行けばいいだけの話だ。電気代だって去年までは、お隣の部屋の銅線を引っ張ってきて、こちらにも供給してもらうように細工していた。それが去年の末にケチな隣人に見つかって、いつの間にやら引きちぎられてしまったのだ。扉を叩き割るような勢いでノックをする音が、ゴミの防波堤を越えて二人の元に押し寄せてきたが、二人とも貝よりも熱心に部屋に閉じこもって、出ようとはしなかった。やがて音はやみ、代わりにドアの下から警告文が投げ込まれた。次に銅線に妙な細工をしたら警察沙汰にしてやるという息巻いた内容だったが、それを読んだ初老の男は、手紙のどこにも今までの拝借分への言及がないのを見て喜んだ。

秩序とはあまりに無縁そうな二人だったけれども、この男達の住居にも、実は奇妙に整頓された部分があって、それを根拠に初老の男は、他の完全に汚い連中と自分達とを区別していた。

彼らには、どうしても月に一度風呂に入って身綺麗にしなければならない用事がある。風呂場にだけはゴミがなく、部屋の惨状と比べるとそこはサンクチュアリとでも言えそうだった。洗面台には石鹸が一つと剃刀が一つ置いてある。石鹸は百均で売っているような三個入りのものではなく、高級ホテルのゲストルームなんかにある、夢見るような香りのものだ。それで身体を洗えば一カ月間の垢とゴミ臭さは一掃され、威厳に満ちた清潔な匂いを、半日は纏《まと》っていられるのだった。

東京都中央区銀座には、久兵衛という非常に名の通った高級寿司店がある。そこは国内の富裕層は勿論、海外からも政府の要人やハリウッドスターが訪れ、過去には魯山人など文化人も通っていた、今更説明の必要もない店だ。

いつだって気持ちのよい一流のサービスと芸術的な寿司が提供されるので、高澤親子は寿司といえばこの店にしか来ないのだと、日頃から豪語していた。久兵衛は拡大を進め、間口を広げ過ぎたために観光地に成り下がったと、一部では厳しい評価をする声もあったが、そんな意見は高澤親子に言わせれば、突き抜けた者に対するただのやっかみということだった。

世の中の連中というのはつまらないもので、上を見ては妬み下を見ては嘲笑する。かといって上を見ればきりがなく下を見てもきりがない自分を誇っているかというと、どうもそうではないらしい。半端な有様といったらまるで、宙に浮いた鰯の群のようじゃないかというのが、高澤の父の口癖だった。

息子のほうは父親よりも無口でおとなしかったが、いつ見ても品のいい微笑を口元に浮かべていた。端正な振る舞いと誰に対しても丁重な口のきき方は、どこからか湧いて出てくる教養のない成金とは別格な「いいところのお坊ちゃま」に違いないと、彼を見かけたことのある人々は考えるのだった。

彼の名は昴《すばる》。この店では誰もが親しみを込めて、高澤氏を「お父様」と呼び、高澤氏の子息を「昴坊ちゃま」と呼んだ。

久兵衛での二人の席位置は決まっている。本館一階のカウンター、入って一番奥の角席だ。この席からなら職人の惚れ惚れする手捌きも、まんざらでもない顔を一様に並べて座っている客の様子も、水の滴る榊を思わせる美しい店内も一望できる。

高澤氏はここに座ると決まって「絶景かな絶景かな、価万両」とやりはじめ、高尚だと本人が思っている冗談を景気よく撒き散らした。

二人が儀式めいた様子で席につくと、注文は聞かずとも分かったが、それでも職人は毎回「本日はどのようにいたしましょう」とねんごろに尋ねるのだった。

「貝はどんなものが入っているのかな」

「今日は平貝、青柳、ミル貝、鮑が入っておりますよ」

「鮑はいらない。平貝は磯辺で食わせてくれ。他はつまみにするよ。それから昴には雲丹のつまみをやってくれ。あとはにぎりを適当に」

適当にと言うときには、あたかもそれについてはあまりじっくり考えたくないというような素振りでなければ、なんだか言葉と態度が風邪でも引いたようにちぐはぐになる。そういった意味でいうなら、高澤氏は寿司屋に来るといつも風邪を引くのだった。

「承知しましたお父様。ところで昴坊ちゃま、今夜の雲丹は北海道のばふんとムラサキ、淡路の赤が入っておりますよ。ちょっとずつ盛って味をお比べになりますか」

「ありがとう。じゃあ、そうさせてもらおうかな」

「はい、承知しました。それでは始めさせていただきます」

それからは当たり障りなくテンポのよい会話が高澤氏と職人の間で交わされ、昴は二人の会話に相槌を打ったり、よく抑えられた上品な声で笑ったりして、時折自らも話題を提供した。職人との会話がひと段落すると、二人は職人の手捌きをひたすら眺めた。第三者が入らないとこの親子は滅多に会話をせず、ただ二人並んで座り、互いに自分だけの世界に浸って、二人ともしばし時を忘れているようだった。そんな沈黙が周囲の人間には、かえって絆の強い親子らしく見えた。

父がトイレに立ち、戻ってくると今度は息子がトイレに立った。

素敵な場所を汚さないよう、昴は座って用を足す。立ち上がり振り返ると、一枝の山ぶどうが一輪挿しに挿さっていた。

葉は錆のような茶と変色した黄緑と、まだ生き生きとしている緑が、一葉の上で重なり合い、老いや死を、見たこともないほどきれいに織り込んでいた。薄暗いなかで、照明が枯れかけた山ぶどうを敬うように照らすので、ますますそれは彼に、超えがたいものを容易く超えている存在のように思わせるのだった。

なんていうんだろう、言葉にするには――と昴は考えた。

無口な彼のなかで、言葉が枯渇していたわけではない。目まぐるしいほどの感性を身の内に宿し、言葉にしようにも語り尽くせない想いを、抱え込んではならないほど多く抱え込んでいるせいで、まだその年でもないのに、背中が曲がってしまっているほどだった。真っ直ぐするには、溢れる思いや迸《ほとばし》る感性を頭から追い出さねばならず、父のように何に対しても分かりきったような態度で、言い切ってしまう必要があった。特にこの店の中では、自分の背中の曲がり具合に気をつけて、山ぶどうに、山ぶどうがそこにあるという以上の感情を抱いてはならないのだ。でないと彼は、自分を偽れなくなる。

彼の人生の、数多の経験がいつもそうであったように、その夜も彼は惨敗した。必要以上に目の前にあるものに心を奪われてしまうというミスを、またもや犯してしまったのだった。色んなメディアや一角《ひとかど》の人やそこらへんの人まで、感情を失くせとか、ものを感じるなとか、うるさいくらいにがなり立てているこの時代に、昴は、心に武装を施すどころか、化粧を施すことすらできないのだった。上手く武装したつもりでも必ずどこかに穴があり、上手く化粧をしたつもりでも必ずどこかにヨレがあった。

少しの綻びやほんの僅かなヨレがやがて、立て直しようもないほど未来を崩壊させてしまうことを、もしも初めから知っていたなら――

今とは違う人間になれただろうか。少しは。時々昴は、そんな思いに耽ることがあったけれど、生きなかった人生を慕わずにいられるだけの幸福とはいったい、どれほどの人間に与えられるものなのだろうかとも思った。神は、どれだけの人間をその他大勢の人間の群から離して、どれほどの幸運を、一人の人間の頭上に注ぐのだろう。

磨き込まれた洗面台の鏡の中に、彼は自分の姿を見た。よく撫でつけられた淑やかな髪、ほつれ一つないスーツ、今し方風呂から上がったばかりのように上気した艶やかな顔。けれど本当の自分の姿が、腕利きの彫師がそつなく彫り込んだような器用な透かし細工の、その向こうに見える。

「君のような存在に生まれられたらよかったのにな。そうすればこの僕も、自分にこけおどしみたいな衣装を着せる必要なんて、感じなかっただろうに」

とても返事をしてくれそうにない存在に、彼はそれでも語りかけるのをやめることができなかった。星や月が答えてはくれなかったように、山ぶどうもその夜、昴のほうに向きなおったり、昴には分からない彼らだけの公用語で何事か呟いたりすることはなかった。

「おかえりなさいませ。昴坊ちゃま。今からにぎりに入らせていただくところですよ。折角だから、坊ちゃまをお待ちしていたんです」

「おや、お待たせしてしまったみたいで、すみません。お父さんも先に召し上がっていてくだされればよかったのに」

昴は椅子に腰を下ろしながら、たいしてすまなくなさそうな口調で言った。

「折角だからな」

父は楽し気に微笑んだが、その顔は子煩悩な父親というより、腹の上にのせた貝を、食べるためではなくただ遊びのために叩き割るふざけたラッコのように見えた。

帰りは来た時と同じようにタクシーを手配してもらった。高澤氏は車に酔いやすい体質なので助手席に座る。後部座席よりも助手席のほうが、視界が開けて遠くを見渡せるので、比較的酔いにくいのだ。

帰りがけに慇懃な挨拶をあちらこちらにいる従業員から受けるさまはまるで、鳥の囀りを聞くようで。昴は千一夜物語のあるシーンを思い出した。不思議な城に招かれた男が、数限りなくある扉を好奇心に駆られて一つ一つ開けていく話だ。話はお馴染みの展開で、どの扉を開けてもよく、どの部屋のものを取ってもよいが、一つだけ決して開けてはならず、その部屋のものに触れてもならない禁断の扉がある。男は話の終盤でお約束通り禁を破って災いを招くのだが、その物語の部屋の一つに鳥の間があった。扉を開けると色とりどりの珍しい鳥達が、南国の島くらいある部屋の四方から囀るのだ。あちらからもこちらからも美しい鳴き声が聞こえる。別の扉の向こうにはサファイアの山が果てなく広がり、また別の扉の向こうには黄金の国が境なく続き、そしてまた違う階の扉の向こうには、取れども取れども実り尽きることのない、甘くとろけるとこしえの果樹園があった。鳥の間は、その数ある部屋の中で最も昴の心の琴線に触れた部屋だった。扉の向こうに広がるどこまでも伸びていけそうな無限の空間も、その空間の得も言われぬ清浄な雰囲気も、木々や、そこに留まる分類できないほど多くの色彩を持った鳥達も、その楽しそうな声も……。空の描写なんて一文字もなかったのに、昴がその部屋を思い浮かべる時にはいつだって、果てない空の広がりが見えた。どこまでも。どこまでも。

外に出ると、二人とはもう長い付き合いになる着物姿の仲居が、勝手知ったる態度でお父様のためにタクシーの助手席を開けて待っていた。

父が仲居に手伝われながら先に乗り込み、次いで昴が後部座席に乗り込むと、仲居は彼のほうにやってきて、小型の紙袋を窓から差し出した。

「たまたま持っていた私物で恐縮ですが、まだ封は開けておりませんから、坊ちゃまに差し上げます。お大事に」

紙袋の中から、上等な和紙で包まれた葉書大のものが思慮深げにこちらを見上げていたが、何なのかは分からなかった。

昴が礼を言いドアを閉めると、車は滑るように静かに動き出し、後方でいつまでも頭を下げている仲居をぐんぐん引き離していった。

タクシーの中では勿論二人とも無言だ。さっきまで絶好調だった父のお決まりトークも、この時間になると水を打ったように静まり返る。

仲居がくれた紙袋を確かめてみると、整腸剤と葛湯が入っていた。きっとえらく長い間トイレに籠もっていたので、腹でも壊したのだと思われたに違いない。

優しい人だなと、昴は思った。金をかければかけるほど、みんなが優しくなっていく。「いらっしゃいませ」や「こんばんは」が、祝福に満ちた誓いの言葉のように交わされる。

今の僕らにこんなふうに優しくしてくれる人が、あの店の人達以外に、他にあるだろうか。

もっと遠い未来に生まれることができたなら、誰もが約束の言葉を、もっと相応しい場所で、もっと優しい大気の中で、聞くことができるのだろうか。

まるで死ぬ間際の人間みたいに、過去の出来事が走馬灯のように彼の元へ押し寄せてくるのはいつも、なぜかこの寿司屋に行った帰りのタクシーのなかだった。

学生時代に昴は、配達のアルバイトをしていた。あの頃の彼は多分、希望に満ちていた。荷物を運ぶというただそれだけのことのなかに、自分なりの意義を見出そうとして頑張ったのだ。雨の日には荷物が濡れないように自前のカバーをかけ、玄関のドアの前まで来ると、これまた自前の綺麗なタオルを取り出して、女の子の髪の毛でも拭いてあげるみたいに丁寧に拭いた。出てきた人は、昴を見て気を悪くしたような顔をした。訝しげに彼を眺めまわす様子はまるで、自分の荷物が雨の日に届くタイミングの悪さはすべて、目の前に立ってたどたどしく薄ら笑いを浮かべている昴のせいに違いないとでも思っているかのようだった。別の雨の日には、ダンボールの角が濡れていたといってクレームが入った。彼は、すみません、カバーをかけたりタオルで拭いたりしていたんですけど、どうも注意が足りなかったみたいで。と素直に謝ったつもりだったが、獰猛な顎を常に人の頭の上に置きたそうにしているチビの所長には、言い訳をするなと一喝された。

就職活動は上手くいかなかった。時代のせいにするんじゃないと、父は言った。僕が就職できない時代ってどんな時代なんだろうと昴は思ったけれど、後になって振り返ってみると、その年はアメリカでリーマンブラザーズが経営破綻し、百社も面接を受けて一社も受からないのが就活生の常態になった年だった。なんで遠い国の欲深い人間がやらかした馬鹿な行いが、自分の就職に関係してくるのか、昴には不思議だった。

その頃、父は名の通った会社で勤続二十八年を誇っていて、頑丈な塔のように昴や彼の母親の前に聳え立っていた。

昴は、自分の頭を振り出し容器のように振りまくって記憶をたどってみたけれど、就職氷河期とかリーマンショックなんて言葉を自ら使った覚えはなかったし、そもそも時代が氷河期に突入していたなんてこと自体、父に言われるまで知らなかった。父のように分かりきったようなことしか言わない面接官のことを、悪しざまに言った記憶もなかったけれど、昴は、他の人が彼の言動を言い訳だと言うのならきっと、その通りなのだろうと思った。

どうして自分の心を素直に表現すると不興を買い、何も言わないでいると不貞腐れていると思われてしまうのか、彼には見当がつかなかった。ちょっとでもこれのせいだと思い当たるようなふしがあったらいいのにと、彼は思い、長年「ふし」を探し求めたが、その暗がりの舞台裏に隠された細い引き紐みたいな何かは、ついに見つけだすことができなかった。

何かのせいにしようがしまいが、僕にはこれで精一杯だったんだ、と彼は思った。これ以上にない前向きな気持ちで、できうる限りのことをした。これが僕の精いっぱいだったんだよ。これが、僕が世界に与えられる限りの心遣いであり、奉仕だった。けれど世界は、あまりに広く偉大だったので、僕のちっぽけな心遣いや取るに足りない奔走なんて、ものの数にも入らなかったみたいなんだ。

彼がやっとのことで就職できた誰も知らないような名前の会社も、結局五年で辞めてしまった。工場勤務だったが、そこは学生の頃、校内でウンコした奴をつるし上げにしたり、足の遅い奴に罰を与えると言って殴ったりしていた、雄ヤギの作法すら知らないような連中と、なんにも変わらないような人間が支配している場所だった。

昴の母はその五年のうちに脳卒中で死んだ。

息子がまがりなりにもどこかの会社員であるうちに死ねて本望だったんじゃないかと、後年彼は考えた。母は生前、正社員にあらずんば人にあらずと、宗教でも信じるみたいに熱心に信じ込んでいたのだ。そんな人が死んでしまったのなら、自分が死んだことを悟った魂は、次にいったい何を信じようとするのだろうかと、時々彼は考えてしまうのだった。

母の口元が、昴にいつも形容し難い印象を与えた。なんとも言いようのない形だった。どんな時にも、何かのくちばしみたいに前に突き出された唇は頑なで、柔らかかったことなどただの一度もないみたいだった。眉間に深く刻まれた皺は、不機嫌そうでもおっかなさそうでもなく、ただひたすら困り果てている印象を人に与えた。昴には、母の吐く息がいつも酸っぱく感じられた。彼女はその酸っぱい吐息を四六時中顔の周りに漂わせて、しょうが色の霧の中に隠れたがっているようだった。すぐに人に意見できる立場に身を置く世間の人々や、夫や、見れば動揺するよりほかない自分自身の姿から。それに多分、息子からも。

子供の頃、彼は母の眉間の皺を伸ばし、突き出た口を元の形に戻してあげようと、随分苦心したものだった。遠足で摘んできたタンポポに、菓子折りについていた赤い紐を括りつけて花束にし、母に送った。彼女はありがとねと言って昴に微笑んだが、眉間の皺は一向に薄くならず、口元はありがとうの形を結んでいる時でさえ、窮状を訴えているようだった。昴には自分が、しなくてもいい余計なことをしてしまったのが分かった。ごめんねと言いたかったけれど、花をあげておいてそのうえ更に謝ったりしたら、母がますます困り果ててしまいそうで、口には出せなかった。

料理の上手い人だった。頼めばなんでも作ってくれた。父が時間など考えもせず、夕食が始まる直前になって、今日は黒酢の酢豚が食べたいと言い出せば、鶏肉に唐揚げの下味をつけ終わった後だったとしても、思いっきり眉間を寄せ、普段より鋭角に唇をとがらせて、ついでに小言もぶつぶつ呟きながら、それでも買い出しに出掛けていって、わざわざ黒酢やら豚やら人参を揃えた。

人が思い通りに動いてくれることが愛だと、なぜああも容易《たやす》く解釈していたのだろう。父さんも、多分僕も。

死んだ母を恋しく思うことはなかったけれど、時々過去を思い出しては彼女を不憫に思った。あの日の夕食の席で父は、料理の味にも自分の影響力にも満足しきって、上機嫌にものを平らげていた。母はその横で、今し方父が胃に収めた豚が自分の妹ででもあるかのように、胸を悪くしたような顔をしていた。

小学三年の時の担任は昴の母と同い年か、ちょっと上くらいのおばちゃん先生だった。がりがりに痩せていて、ひび割れたように乾燥している髪の毛をひっ詰めてお団子にしていたが、どう見たって栄養の足りてなさそうな身体から、驚くほど凄まじいエネルギーを放っていた。働き蜂も顔負けなほどよく働き、俊敏に動き回っていたので、彼女の止まっているところを見るのはちょっと難しい相談だった。教壇に座って女子生徒達の喧《やかま》しいお喋りに付き合っているような場面でも、机に大量のプリントを置いて忙《せわ》しなく赤ペンを走らせ、目にも留まらぬ早業でプリントの山を右から左に移していた。いつも汚れ一つない真っ白なテニスシューズを履いて紐をきつく結んでいたが、廊下を歩いているときにも、体育館で生徒達と走りまわっているときにも、その靴がキュッキュッと小気味の良い音を立てていた。

昴とその先生とは、他のどの先生ともそうであったように、ほとんど関わりらしい関わりはなかった。学校の先生に母のことを話したり、ましてや相談したりしたことなどないはずだったが、ある時その先生は珍しく他のことを脇に置いて昴に向き合った。普段の動きからは想像もつかない、とてもおっとりとした優しい声で、先生は昴に語りかけた。

「女性はね、褒めてもらえると嬉しいものなのよ。それとはっきり顔に出さなくてもね。たとえばお料理よ。美味しい、この一言を相手が言ってくれたら、それまでの苦労が、途端に苦労でなくなるの。あとは、ありがとうとか、素敵だねって言われると、心に春の小川が流れだすってもんよ。単純に思えることを、その塵のように見える単位のせいで蔑ろにしがちなのね。昴君だけじゃなくてみんながよ。でもね、些末なことや何でもない日の連なりがやがて人生になるわ。膨大に思える時間も、重たげに垂れさがる一生涯ってものも、いつかたった一瞬の時の中に帰っていくのよ。だから、どんなに簡単で当たり前に思える心遣いも、ふいにしないであげてね」

春を知った。彼は、生まれて初めてそんな季節があることに気がついたような心地がした。それまで昴は先生を見るとミツバチを思いがちだったが、以来先生を見たり、後になって思い出したりするたびに、誰もが慕わずにはいられないあの桜の群生を思い出すようになった。

彼は早速行動に移した。美味しいと言い、ありがとうと言い、素敵だと言った。そんなことをしょっちゅう口にするようになってから、一カ月が経ち、半年が経ち、一年が経った。担任の先生はいつの間にか、特に何の印象も呼び起こさない男の先生に変わっていた。身長およそ百七十センチ。二十代後半。不潔でも不細工でもなければ、清潔でも彫刻のような美形でもなく、太ってもいず、痩せてもいなかった。

男の先生になっても、その先生がすっかりクラスに馴染んでも、母の霧は晴れなかった。ありがとうと言えば、口を尖らせながらどういたしましてと言ってくれた。美味しいと言えば、そうねと同意してくれた。素敵だと言うと、もともと困っている顔が更に困り、弱りきったような感じになった。「何が素敵だというの？　何が？」母の瞳がそんなふうに問いかけているようで。霊感のない人が見えてしまう人の傍にいて、そこにいもしない存在を知らされたかのように、母は昴の背後にちらっと目をやり、何もないことに当惑しきっているみたいだった。

淡いピンクの優しい色合いが、彼の心の中に残っていなかったわけではないけれど、それを母と分かち合おうとする試みはやめてしまった。最後に試みた日の母の言葉が、彼の心を完全に挫《くじ》いてしまったのだった。

「また今度ね。今は邪魔になるから」

夕食を作る手伝いをさせてほしいと申し出ると、母はそんなふうに言った。大人になったってたいしてものが分かるようになったわけではなく、まして子供の頃なんて目を瞑《つむ》って生きていたに等しかったが、それでも。どれだけ待ったって「今度」なんてやってこないことくらい、昴にも分かった。

彼は成長するにつれ、母のことを家にある家具かなんぞのように考えるようになった。

彼のほうから話しかけることはなくなったけれど、別に母の態度は変わらなかった。学校の行事予定、弁当は要るのか要らないのか、雑巾は何枚縫えばいいのか。帰りは遅くなるのかいつも通りなのか。母が昴に話しかけるのは大体こんなことで、彼が大きくなるとそこに、倉庫の荷物を外に出しておいてくれとか、買ってきたものをキッチンに運んでおいてくれとか、登校ついでにゴミを出しておいてくれというような頼み事が加わった。母との会話は「ああ」と「いいや」の二語で事足りた。

普段は母のことなど気にも留めなかったが、時たま何かの集まりに家族で呼ばれるようなことがあると、母の姿はまたもや昴に強烈な印象を与えるのだった。彼女はそこに集まった人達との会話で、事あるごとに同じ話を繰り返した。

「ええお陰様で。はい。うちは有難いことに家族みな平穏無事に過ごさせていただいております。ええ、ええ。病院には夫も私もお世話にならずに済んでおります。お陰様で。ええ、勿論。そうですわね、人は無事であるのが一番いいことですわね。こうして日々つつがなく過ごしてゆけるのもお天道様とみなさまのお陰です。不平なんて言っていたら罰が当たりますよ。ええ、本当に。なんでもないことに日々感謝して生きていかなければなりませんわね。こうして健康でいられるのも、毎日ご飯が頂けるのも、お風呂に入ってお布団で寝られるのも、どんなに幸福かしれません。世の中には食べてゆけない人も随分ありますからね。うちは恵まれております。お陰様で。有難いことですわ。ええ、お陰様で」

呪文のようにぶつぶつ唱えていたけれど、世間様に向かっているそんな母の姿を目の当たりにすると、夢にまでその姿が現れることがあった。夢の中で見る彼女のほうが、実際より遥かにゾッとさせられた。夢の中の母はどこでもない場所に座っていて、しかもなぜかいつも地べたに三角座りでいるのだ。腕をきつく回し膝を抱え込んで何もない場所に向かい、例のお陰様でを何遍も何遍も、延々と繰り返していた。どこでもない場所には太陽も月も存在せず、昼も夜もやってこないようだった。「母さん」と声をかけるか、「そんなところで何してるの」と尋ねるか、少し考えてどちらもやめる。昴には、声に出す前から母には自分の声が届かないことが分かるのだった。

七夕になると毎年近所のスーパーへ一人で出掛けていき、短冊に「母さんが夢に出てきませんように」と重々念を入れて書いたが、本人に見つけられないとも限らないので、名前の欄には〇〇小学校四年とか五年と記した。きっと匿名で願ったのがよくなかったのだろう。短冊に書いた願いは、母が死ぬまで叶わなかった。天の川に住まう神々には、隠れて名乗りもしないコソ泥のような奴の願いなど、聞き入れてやるいわれはないのだ。

父は「綺麗な顔をしていますからどうぞ見てやってください」と、参列者が来るたび母の死に顔をすすめた。母のことを綺麗だと言っているのを父の口から聞いたのは、それが初めてだった。

確かに母は綺麗だった。おそらく生きていた時よりもずっと。眉間の陰影は消えはしなかったが随分薄らぎ、解かれた額には蓮の花さえ似合うようだった。口はもう突き出している必要がなくなったみたいで、なだらかに自然な曲線を描いて終わっていた。

死が救いになる人だっているのよと、昔教えてくれた人がいた。彼女がそう言った時、昴はそんな人生もあるのかと、うすらぼんやり思っただけだった。なぜ今の今まで気がつかなかったのだろう。彼は半ば茫然としながら、どこまでも疎い自分を見やった。彼女が言っていたのは、いつだって彼の目の前にいた人のことだったのに。

父は、家内が死んで上機嫌じゃないかと思われかねないほど張りきって、葬儀を取り仕切っていた。なんでそんな悪趣味なことをしなきゃならないのか、昴にはいつも疑問だったあの拾骨《しゅうこつ》の儀式の時にも、父は部屋に通されると、長い箸の入った缶に真っ先に飛びつき、ビンゴゲームの紙でも配るみたいに参列者に箸を配ってまわっていたのだ。

子供の頃は不思議に父が厳かに見えていた。別にいつも怖い顔をしていたわけではなく、むしろどんなに場違いなところでも、神経に障るほど陽気な人だったのに。厳かさはその全体像というより、口の端からのぼってくる、確信に満ち溢れた硬質な言葉によってできているみたいだった。父はどんな場面でも、幼い昴の選択のまずさを嗅ぎとった。「本当にそれでいいのか」と、あのやたら通る大きな声で揺さぶられた瞬間が、何度あったことだろう。

母が婦人会か何かで時々、日曜の昼間に出掛けていく日もそうだった。近所のファミレスに連れていかれるのが、ちょっとした苦痛だった。お子様用メニューをよく吟味して、その日の気分にピッタリ合ったゼリー付きお子様カレーとか、ゼリーは付かないけどフライドポテトが食べられるコーンピザのセットを頼もうとすると必ず、本当にそれでいいのかが飛んでくる。父によると、昴は今非常に損な馬鹿しか頼まないセットを頼もうとしているらしく、父がいいと思うお子様プレートAかお子様プレートBのほうは、ゼリーは勿論、五種類から選べるおもちゃまで付いてくる、とてもお得で幸福至極な賢者のセットということだった。

子供は寝ても覚めてもおもちゃばかり欲しがり、始終考えていることと言えば、次の誕生日プレゼントのことと、次のクリスマスプレゼント、それに正月のお年玉のことばかりであるなどと、どうして父は考えるのだろう。幼い頃の昴は、そんなものを欲したことなどなかったけれど、なぜか父の前では、いりもしないおもちゃを手に取って、喜んでいなければならないような気にさせられるのだった。

「やっぱりこれにするよ」

おずおずと差していた指の方角を変えると、父は賢さとは何かを息子に教えてやったことにすっかりいい気になって「そうだろ。やっぱりそれがいいだろ」とひとりで頷き、乗り出していた身を引いてソファーにふんぞり返った。

そのうちに、店に入っても何が食べたいかなんて分からなくなり、父がお前はこれが好きなんだろうと言って勧めてきたものを、その通りだと思うようになった。いつの間にかもう店に入るのが楽しみでも苦痛でもなくなっていた。昴がもっと大きくなると、昴の好き嫌いや、主軸としているものの考え方まで、昴以上によく分かっていると言いたげな訳知り顔の連中がどっと押し寄せてきた。彼らは決まって、自分には人を見る目があると言い張った。昴はそんな連中によって捏ねくり回され、安価で手に入る香料や何かを振り撒かれて、クッキーマンのような型に繰りぬかれ、どこにでもいる替えのききそうな一人の男に焼き上げられた。焼き上がった人間を見て、立派な目を持つ連中は、ますます自分の視力に自信を漲《みなぎ》らせるのだった。そこにある一つの命に、たった一言や二言の言葉で説明がつくと、彼らは本気で考えていたのだ。

何につけ独断的だった父にも、昴のことを気遣う日が年に二日あった。一日は、三月のまだ肌寒い時期に学校が催す凧揚げ大会用の凧を作る日で、もう一日は、夏休みの自由研究用に、丸太小屋型貯金箱を作る日だった。どちらを作るにも接着ボンドがいったが、昴の手はボンドに触れると赤くただれるのだった。そんな時には、父が作業を引き受けた。

親子は二人とも凧なんぞに金を掛ける趣味はなかったので、近所の狭苦しくて埃っぽい店で、二秒も迷わず一番安くて不親切な手作り凧セットを買ってきた。近所の玩具屋はいつ行ってもガラクタ倉庫の様相で、人形や図工セットや色とりどりのビーズの入った箱が、ひどく無造作に、天井まで積み上げられていた。下のほうに積まれている双六や人生ゲームの箱にいたっては、日に焼けてパッケージの文字が薄れ、その上に百年分の塵が積もっている有様だった。建物は木造で戦前からあったが、その中で店番をしている、玩具屋のくせに子供が嫌いで仕方ないような顔をした眼鏡の爺さんは、建物よりももっと年を取っているように見えた。

手作り凧セットには、細長い竹竿が六本とゴミ袋みたいな乳白色のビニールが一枚、タコ糸、それに説明書が一通、ついているきりだった。ビニールに絵を描くなんて大層な芸術は、未だかつて二人の脳裡に浮かんだ試しがないので、昴の凧はいつも死んだイカのようだった。けれど意外にも、素っ気ない凧作りには、昴の心をほんの少しだけ上気させる何かがあった。

竹竿を指定の長さに切るのは昴の仕事で、それをボンドでビニールにくっつけるのは父の仕事だった。仕上げに余分なビニールをカットし、その余分なビニールで足を作ってテープでくっつければ完成だ。

父は自分の設計した凧が、学年で一番とは言わないまでも、かなり上空までいくものと思っていた。実際は、揚げた傍から真っ逆さまに墜落し、また仕切り直して揚げても同じことの繰り返しで、空に浮かべるよりも地面を耕すほうが向いている凧だったけれど。

自分の凧が芝生に開けまくった無数の穴ぼこを数えるのに飽きてしまうと、彼は周囲を見渡した。他の生徒達や先生が空高く揚げている凧を見ると、つい感心してしまう。子供が一人乗せられそうな大きさの歌舞伎役者柄の凧が、雲まで届かんばかりの上空に厳然と浮かんでいる。一つ一つは昴のものと同じ大きさでよく似た形だったが、それが六連にも七連にも連なって、しかも足が大蛇のように長い凧も、空を泳ぐ生き物か何かのように勢いづいていた。勿論それは一つずつ違う色をしていて、李色やメロン色や藤色のビニールでできていた。胴体と足で違う色のビニールを使う凝りように、昴はなんだか、凧揚げに身の入らない自分の体たらくを気まずく思った。凧揚げ大会の後には表彰式があって、より高い所により長く凧を揚げていられた生徒が一位から三位まで表彰されたが、昴は表彰式があることを父には決して言わなかった。

「どうだった?」

凧揚げ大会の後で、父は必ずそう聞いてきた。

「あそこくらい」

昴は二階建ての建物のすぐ上あたりを指さした。事実を語るなら地面に指を差すところだが、彼は現実が皮肉をおびるときには嘘のほうを好んだ。父は「そうか」と言って得意げな顔になり、昴の指さした近場の空をしばらく眺めていた。父の表情を窺いながら昴は、あまりこれ見よがしに天の頂を指さなくて正解だったなと思った。

想像力のないこの親子には季節感もなかった。夏休みの自由研究には、丸太小屋の貯金箱キットを、相も変わらずあの、生涯で遊ぶことの愉しさを味わったことなどないようなしかめっ面の爺さんの店で買い求めた。ところがこの貯金箱キットは、丸太に見立てた小さな木の棒が既に手ごろな大きさにカットされていて、プラスチックの家にそれを張り付けただけで完成してしまうので、親子は困った。そこでようやっと昴が仕上げの色を塗るということを思いつき、父が張り付けた素朴な薄茶色の丸太の一本一本に、アクリル絵の具の濃い茶色を塗り重ねた。父がちょくちょく「ここがまだ塗れてないぞ」とか「そこがムラになってる」と口を出してくるので、言われた通りに塗りなおした。一応は完成したわけだが、あまりにも地味だった。達成感などあろうはずもなく、二人でちょっと困ったように貯金箱を眺めていた。昴が「冬の雪山にありそうな丸太小屋だね」と言うと、父は屋根を白く塗っておけばそれらしく見えるだろうと言った。昴は屋根を白く塗り、それで二人は自分達の創造性に完全に満足した。

毎年こんな調子だったので、昴が芸術を解する日など永遠に来ないように思われたが、その日はちゃんとやってきた。

父が喧し屋の東《あずま》の叔母さんとその一家とか、弁護士の息子を持つ檀さん夫妻とか、ケチで名の知れた信五郎爺さんとその可哀そうな娘達と言って、しょっちゅう話題にする人達に、昴が実際に会ったことはなく、もし会っていたとしても、それは彼が小さすぎて覚えていられないほど以前のことだったので、父が話す親戚筋の人達の話は、彼にとって小説の登場人物かなにかのように実態のないものだった。けれど時々、そのお話の中の人達は、昴に贈り物を届けてくれた。

届けられた品々はどれも、今時の子供のニーズを解さない時代遅れなものばかりだった。戦後すぐのアメリカの若者なら喜んだであろうデザインのジャンパー。戦前の日本のいいところの坊ちゃんが履いていそうな黒の革靴。これで外に出るには小恥《こっぱず》かしい手編みのセーター（からし色の地に緑で「S」の一文字があり、「す」と編まれるよりはましかと昴は思う）。

袖を通したことはなかったけれど、靴箱やクローゼットを開くたび顔を合わせる贈り物は、不思議と昴を優しい気持ちにさせた。柔らかい物の上にそっと置かれる心地よさがあり、それは両親がくれる折々のプレゼントには願うべくもない温もりだった。

彼の家では誕生日やクリスマスが近づくと、事前に聞き込み調査が入る。昴が欲しいものを答えると、父が今ではすっかりお家芸となった「本当にそれでいいのか」を飛ばす。欲しかった流行りのマウンテンバイクは電子辞書に変わり、ポケモンのゲームソフトは昴の知らない脳科学者が監修する脳トレソフトに変身し、ゴールデンレトリーバーはソニーの小型ロボット犬アイボになり変わった。彼はよく、誕生日もクリスマスも、もう来なければいいのにと思った。

昴に創作とは何かを教えてくれ、それは新しく創り出すというよりはむしろ、懐かしい場所を思い出す作業なのだと語りかけてくれた、素敵な贈り物。いつか家を出るようなことがあっても、これだけは持っていこうと心に固く決めていた彼の宝物。それは後に、そんなものを一日中眺め惚《ほう》けて過ごしていてはなまくらになるという父の言い分で、捨てられてしまったのだけれど。あれだって、いつもお話の中にいて、ついに彼の家のチャイムを鳴らすことのなかった親戚からの贈り物だった。

アメリカンハウスと彼は命名し、ミニチュアの家の中を一部屋ずつ熱心に検分した。二階建てで左右に二部屋ずつあるので、計四部屋。断面図を立体にしたような作りで、どの部屋もよく見渡せた。二階の右側はベッドとクローゼット。左側は書斎になっていて、仕事机に本棚、窓辺には大きな地球儀が置いてある。一階の右側はキッチンとリビング。左側は日本では馴染みのない設《しつら》えのバスルーム、そこにトイレもある。因《ちな》みに廊下は広めにとってあって、壁にはなぜか、あまり見かけない形のかっこいい自転車が立て掛けてあった。海外では自転車を廊下に置いちゃうのかと昴は仰天した。マッチ箱を横にしたよりは少し背丈のある自転車には、きちんと鈴やチェーンやスタンドがついている。それはそれは繊細で、どうすればこんなにも小さくて精密なものを指の先から生み出せるのだろうかと感嘆した。きっと虫眼鏡を使って、なにか針の先のようなものの上でパーツを切ったりくっつけたり、色を塗ったりするのだと昴は考え、会ったことのない誰か、会えばうっすらと自分に繋がる何かを感じられるかもしれない誰かが、椅子に座って作業に没頭している様子を想像した。壁に留めつけられてさえいなければ、そのミニチュア自転車をポケットに入れて、詩人が四時《しいじ》を友としたように、彼はそれを友としただろう。

精巧なのは自転車だけじゃない。バスルームには愛らしいフォルムのバスタブ、金色に光るシャワーヘッドに、それらを隠す青と白のギンガムチェックのカーテン、大きな出窓、窓枠にはゼラニウムが置かれている。ねずみだってそれで用を足すには小さいだろうトイレの蓋が開くと知った時には笑った。バスルームの床は他の部屋と同じ無垢材のフローリングで、ちょっと離れた場所には化粧台や背のないフカフカの椅子まである。化粧台の上には香水瓶があり、コップがあり、コップにはゼラニウムとはまた違う大きな花が一輪生けられていた。

風呂に浸かるのが楽しみになるようなバスルームが、世界のどこかにあることを彼は知った。当時住んでいた彼の家の風呂場といえば、窓はあっても取って付けたように小さく、壁も天井も素っ気ないプラスチックみたいな素材で、触るとただただ冷たかった。爽やかな色のカーテンなんてない、防水に特化しただけの風呂場に入るたび、彼にはそこが白い独房のように感じられた。

木の実入りのフルーツケーキでも焼き上がっていそうなキッチンには、洒落た食器キャビネット、飾り過ぎない皿やカトラリー。自分達で作ったみたいな素朴な椅子と食卓がある。寝室の壁にはポスターが掛かっていたが、細かく再現された人物のポスターが誰なのかは分からなかった。ポスターの下にはギターが立て掛けられている。クローゼットのドアも開いたが、ハンガーに掛かった服は留めつけられていて取り出すことができなかった。書斎の上には紙とペンとマグ。これも据え付け。マグの中にはコーヒー色の液体を固めたものが入っていて、昴にはそれが、湯気の立ち昇る淹れたてのコーヒーであることが知れるのだった。

誰かがすぐに帰ってきそうだなと、彼は思った。満ち足りた生活や好ましい匂いに包まれた日々が、本当にそこにあるような、そんな気がして。どれほど眺めても、飽きることなどなかった。すぐに埃が積もったけれど、それさえ、夕日の光の中では目を開けていられないほどの煌めきを放ち、人の心にいよいよ懐旧を募らせるのだった。

それはどんな家？　もしも誰かに聞かれたなら、彼は答えただろう。ほら、昔こんな歌があったじゃない？　田舎道の歌。英語の。思い出に続く道がもしも本当に僕らを導いてくれるようなことがあるなら、きっと最終地点にあるんじゃないかな、その家が。昨日帰っておくべきだったと思う、そんな場所さ。

故郷など持ったことのない人間の中にそれでも郷愁は宿り、実《じつ》のなさに対して不可解なほど強烈に押し寄せる切なさは、過ぎて痛みに変わった。なぜ昴の身体は、あの時あんなにも痛んだのか、その訳が大人になった後でも、彼自身にさえ解らなかった。

ミニチュアハウスを捨てられてから立ち直るまでには、随分時間がかかった。ある日学校から帰ってくると、そこにあるはずのものはきれいさっぱりなくなっていた。母に聞くと父の指示だと言い、父に問いただすと、男の子はもっと男の子らしいものに興味を持つべきだと言った。ドールなんてなかったのに、父はそれを女の子が喜ぶようなドールハウスだと言い、昴がドールハウスじゃないと反駁すると、同じようなものだろと返してきた。人の言葉の綾をあげつらうのはよせとまで言われて、昴にはもうそれ以上父に対峙する気力が湧かなくなった。「父さんには帰りたい家なんてないの？」と聞いてみたくなったけれど、それも無駄な気がしてやめた。どうせ昴の質問には答えずに（子供が大人に向かってその類の質問をする権利を父は認めない）、お前の家はここじゃないかと言うに決まっている。

後になって彼は、親戚の誰かが作った細やかな思い入れの一つ一つが、折れ曲がったり、叩き潰されたりして、燃えるゴミと書かれた袋の中に押し込められる様子を目の当たりにせずに済んでよかったと考えた。

頑張ったことはなに？　と聞かれれば、おおよそ答えに困る子供時代だ。運動はべつに苦手ではなく、足だって遅くはなかった。けれどみんなが当然のように持っているサッカーや野球に対する熱狂を、一緒になって持てる日などやっては来ないと、彼は知っていた。強く心を惹かれる場所が、他にもっと沢山あったらよかったのに。

彼が心惹かれる数少ないものの一つに、ある映画があった。当時からして六十年も前の映画で、今はそれから更に二十年経ったが、けして古くなることを知らない恐るべき映画だった。原作はカポーティの小説で、昴は大人になってから小説を読んだが、原作のほうは映画みたいに明るい印象にはならず、悲しみが背中にめり込み、憧れが目に突き刺さるようだった。少女妻なんて言葉を聞くと、いたたまれなくなる。彼は、映画のほうはテープが擦り切れるまで見たけれど、原作は一度しか読まなかった。

父はなぜか、彼がその映画を一日中観ていても、ミニチュアハウスの時のようになまくらになるとは言い出さなかった。

子供の頃は映画を観るたびに、僕もいつかティファニーで朝食を食べられるような人になれたらいいなと思っていた。ティファニーというところがどういう場所なのか、当時の昴にはおぼろげだったけれど、そこでは大きなダイヤモンドが買えて、花束くらいあるパセリの乗った旨いステーキが、上品な身のこなしの店員から提供されるに違いないと予感していた。

ニューヨークにある煉瓦造りのアパルトマンのベランダに、主人公の女の人が腰かけて、ギターをつま弾きながら歌う曲は、きっともう彼の心のなかに染み入って、一つに溶け合ってしまったのだ。英語で歌われる歌詞の意味は分からなかったけれど、流れてくる旋律はまるで、静かな夜にへその緒で繋がれるみたいだった。そこには揺りかごのように優しい夜があり、星があり、月があり、そして川がある。ボートに乗って波に身を委ね、見上げる空には、遥かな時の物語が詰まっている。物語を理解するのに言葉など要らない。

この夜から伸ばされたへその緒がしっかりと自分の下腹部に繋がり、管を通って腹の中に入り込んできて、星々の語らいを教えてくれる。やがて星のかけらで身体中が満たされてゆくと、どんなに眠れぬ千々の夜を過ごした後でも、ぐっすり眠れるようになるだろう。

それにこの女の人ときたら、なんて綺麗な人なんだろう。見たことないや。こんな人。ちょっと他にはいないんじゃないかな。

誰かにその美しい人の話をしたくてならなかったが、昴にはそんなことを語りあえる相手がいなかった。けれど日々の中のある日、心のなかの一番きれいな部屋、その窓から見える景色について、そこに大切にしまってある秘密の品々について、話せる誰かが現実に現れるなんて思いもしなかったのに、その人は現れた。彼女は昴よりも随分年上だった。今ならそんなふうに感じないかもしれないけれど、当時は二歳年長の子供でも大人びて見えたものだから、彼女はなおさら、素晴らしく立派に大人だった。

心を捉えて離さないのは、捨てられたミニチュアハウスと、ティファニーの朝食と、あの妙ちきりんな話ばかり聞かせてきた人――彼女と過ごした日々は、昴の人生のなかの短かすぎる瞬間だったけれど、いつか桜の先生が教えてくれたように、やがて何もかもが終わり、生きた時のすべてが過去になったなら、その時には、彼はどうしても、その人と過ごした一瞬の時の中に帰りたかった。

彼女は妙ちきりんな話の合間に、時々、大切なことを教えてくれた。そのほとんどが昴の理解力ではずっと後になってからでないと解らない類のものだったけれど、人生の節々にやってくる遅すぎる気づきは、大概彼女の話してくれたことのなかにあった。

初めて会った時「泣かないで」と、彼女は言った。涙なんか一つも流れていやしない昴の頬に手を当てて。

彼は狼狽した。何を言われているのかわからなかったけれど、頬に重ねられた手を振り払おうなどとは、夢にも思わなかった。

その人は、昴の家の裏手にあるアパートの非常階段のところに、街中が苺フェアで賑わっている時期にふらっと現れて、クリスマスの次の日にいなくなった。

馬鹿みたいに細かいことを、よく覚えているよ。

いつだって彼女に会いたかった。叶うことはなかったけれど、決して答えてはくれない存在に語りかけることをやめられないように、そこにいない人に心の中で語りかける染みついた習慣を、やめることができなかった。

距離が遥かになれば馬の力が解り

時が遥かになれば人の心が解る

ことわざとか格言の類って嫌いよ、と言いながら、ひどくだらしない恰好でハンモックに寝そべって、その人が教えてくれたのは、こんな古いことわざ。中国の昔の人が言ったのよと、彼女は言った。

あとどれだけ遥かな時を過ごしたなら、僕にあなたの心が解るようになるの。

梨の花に出会えることがもうないのなら、人生がなぜ今も続いているのか、彼には不思議でならなかった。タクシーが自分を乗せて夜の街を運んでゆくこの時が、あまりにも疑問だった。

彼女はどんなに塞がったような場所にも、自分のスペースを作り出す才能に恵まれているようだった。非常階段の踊り場には、人が通らなさそうなちっぽけな一画があって、彼女はその狭いスペースにハンモックと折り畳み式の小卓を持ち込んでいた。災害時用のコンパクトなラジオと、茶菓子と湯呑みののった盆、おままごとみたいに小さな急須、数本のマニキュアと、昴には何に使うのか知れない化粧品が山と盛られた籠。香水の瓶に、猫用のおもちゃが二つ入った筒状の入れ物と、ラジオのアンテナにぶら下げられたアイマスク（つぶった目の柄）があり、それらはすべて、赤ちゃんリス用くらいの面積しかない小卓にのせられていた。ハンモックと小卓を置けばもう何も置けないような場所に、彼女は更に、夏椿の大きな植木鉢を置くつもりでいたらしいが、それはついに持ち込まれずに終わった。

ラジオはそよ風よりも控えめな音量に調整されていたが、昴が母に頼まれて裏庭の草むしりをしていると、秘密の囁きみたいに彼女のラジオの音楽が彼の耳に届いた。例の映画の曲以外には音楽なんてほとんど聞かなかったけれど、ラジオから流れてくるクラシックとかジャズと思われる曲には、にわかに親しみが感じられた。音源を辿っていくと、非常階段に行き着いた。

初めて彼女を見た時、なんだか変わった感じのする人だなと、昴は思った。でもどこらへんがどのように変わっているのか、なんとも説明がしにくいのだ。髪の毛は街ですれ違う大勢のその年頃の女性と同じように、明るすぎない茶色に染められていて、胸の下くらいまであった。昴には彼女の年齢の見当がはっきりとはつかなかったけれど、多分十八歳にはなっていて、もしかしたら三―二歳くらいかもしれなかったが、その間のどの年齢にも当てはまりそうだった。ミルクを入れすぎたココアみたいな色のワンピースはシンプルなのになんだか洒落ていて、黒いリボンのついたカンカン帽は、見たこともないほど小粋に頭の上にのっているのに、足には便所のスリッパをつっかけていた。初夏だというのに、首に黒い毛皮を巻いて。

ハンモックに寝そべり、足を塀の上に放り出している姿はふしだらで楽しげだった。アパートの三階に彼女はいるのに、昴には彼女がもっとすごく高い所、たとえば三日月の上に、寝そべっているように見えた。

どうしてあんなに大胆になれたのだろう。生涯のうちで大胆になれたことなんて、多分この時くらいしかなかった彼には、あの時の自分の行動が不可解でならなかった。彼は自分に縁もゆかりもないアパートの敷地に足を踏み入れ、夢遊病者のようにゆっくりと階段を上がっていって、気がつけば彼女の前に立っていた。立ち止まった時にはしまったと思った。「あなたどこの子?」とか「どこからやってきたの?」と怪訝な顔で、そうでなければ不安げな顔で、詰問されるに違いない。

ところが彼女は、昴が目の前に立っても、相変わらずふしだらで楽しげに横たわりながら、こちらには見向きもせずに、爪の先で豆大福をつまみあげ、悠長に味わっているのだった。

毒々しい色に塗られた爪で圧され、生き物みたいにうねる豆大福の豆。小さい大福を落とさないようにきちんと両手で挟み、揃えられた指。それに彼女の表情。世界にはいま、彼女が頬張っている大福以外に取り合うべき価値のあるものなど、なにもないみたいで……

危なっかしいほどの無心、感嘆すべき無頓着が、彼をそこに釘付けにした。

どれだけ長いこと真ん前で立ち尽くし、その人を眺めていたか知れない。時は忘れ去られ、旋律だけが残った。

一瞬だって忘れたことのないものを数えあげるときには、一番最初にこの旋律を数えるよ。

毛皮のマフラーだと思っていたものが急に動き出して、昴は声を立てはしなかったが、おおいに驚いた。それは黒猫で、この猫も年齢がよくわからない顔つきをしていた。主人とそっくりに昴のことなど無視して、ほんの少し開いた窓からさっさと部屋の中に入っていってしまった。

猫から視線を戻すと、カチッと音が鳴るほど彼女と目が合って、昴は今度こそ本当に気絶しそうなほど驚いた。とっさに謝ろうかと思ったけれど、彼女は人の謝罪など未だかつて求めたことのない涼しげな顔で彼を見ていた。彼女の瞳は、目の前にいる昴を見ているというより、もっと茫漠としたものを眺めているようだった。彼は、自分がエーゲ海にでもなったような気がした。

「あっ、あの、僕、昴といいます」

不法侵入を謝るつもりでいたことなどすっかり吹き飛んで、自分でも訳のわからないままに自己紹介が始まり、始まったことに、誰よりも始めた本人が仰天しているのだった。

「そう」

とだけ彼女は言って、人には分からないくらいの微かな笑みを浮かべた。会話は途切れ、それ以上続かなかった。起き上がって昴を眺めていた彼女は、またハンモックに身体を預け、何処から取り出したのか本を読み始めた。

聞きたいことが滝のように溢れた。あなたのお名前は？　いつからここに？　あの猫はあなたの猫ですか？　ラジオの曲はなんていうの？　こんなところに寝ていて誰かに怒られたりしませんか？　その、若き詩人への手紙って本、面白いですか？　リルケって誰です？　あなたは詩人？

彼は豊富すぎるその手の経験から、大人が矢継ぎ早な質問を何より嫌うことを心得ていたので、何をどう切り出せばよいのか分からずに、いつまでもその場に突っ立ってグズグズしていた。一つずつゆっくりと聞けば、彼女は嫌な顔をせずに答えてくれるだろうか。

また彼女と目が合った。今度は昴も落ち着いていて、挙動をおかしくするようなことはなかったが、聞きたいことは何一つ口から出てきてはくれなかった。

しばらく見つめ合う形になった。二人の間に、何か二人にしか分からないものが流れるというような運命めいたことは起こらず、ただ真空とでも呼ぶべきものがそこに横たわっているきりだった。もっとよく覗き込んだなら、彼女の瞳の中に自分の姿が映っているのが、ちゃんと彼女の中に自分の存在のあるのが、見えるだろうか。

その時だった。彼女がそっと手を差し伸べて、泣いてなどいない昴の頬を撫で、泣かないでと言ったのは。

翌朝学校に行っても、午後の授業が終わるまで、名前も聞けなかった隣人のことが気になって仕方がなかった。学校から帰ってきても、裏庭に面したリビングの壁が妙な具合に見えた。あんまり熱心に長いこと壁ばかり凝視していたので、もしかしたら見つめられすぎた壁が熱くなってしまったかもしれないと心配になって、恐る恐る近づいて手を当ててみたりした。壁はしっかり冷たかった。

色々悩んだ挙句、意を決してまた会いに行くと、彼女は昨日とまったく同じ場所に同じ猫と、同じポーズで寝そべっていた。

なんとなくもう予想はついていたが、彼女はやっぱり「あら昨日の」とか「また来たの」なんて声を掛けてはくれなかった。もっと打ち解けてから昴にもわかったことだが、彼女は人が目の前に現れても、自分から声を掛けることはしないのだ。だが一つの挨拶には七十二の季節の挨拶で答え、尋ねられたことに対しては、その十倍の情報量でもって報いた。彼女の返答には情報と呼べるものと、そうでないものが紛擾《ふんじょう》多端《たたん》に盛り込まれている。そしてそれを、話すというよりは歌うように語った。彼女の故郷では人がみな、言葉よりも歌で語り合い、政事も世間話も冗談も、すべてそんな調子で交わされているみたいだった。

昴は昨日のように、なんの関わりもないところに厚かましく入っていくのをためらったが、自分の内部から生まれ出た捉えることのできない未知なものの引力が、彼に否応なく階段を上《のぼ》らせるのだった。

それは見慣れないものだったので、外からやってきたのじゃないかと思いもするが、扉を開けて入ってきたかと思えば、次の瞬間には彼の心臓の中に消えてしまった。血液が全身に巡るたび、それも一緒に体内を巡っているのが感じられはするけれども、自分では目にすることも触れることもできなかった。

大人になるにつれ、心臓の鼓動の回数が増えてゆく重なりの分だけ、入りこんだ存在は深刻になり、彼の生命に直接な影響を与え、やがて致命的になった。

昴はそれを名付けることも何かになぞらえることもしなかった。そんなふうに扱える気がしなかったのだ。彼の父のような人ならば、もっと簡単にそれを悲しみと名付けただろうし、そんなものを体内に多く宿すことを世間は孤独と捉えたが、もっと賢明な人ならば愛と言っただろう。

「あの、昨日はどうも、お休み中に失礼しました」

「いいえ」

彼女はまた昨日のように、人にはそれと分からないくらいの笑みを浮かべた。

「それで、あの、僕ここにいてもいいでしょうか。お邪魔はしません。すぐに失礼します。ただ、なんてゆうか、ラジオの音に惹かれて。それから猫にも。うちにはどちらもないので」

「ええ、構わないわよ」

構わないわよなんて、随分古臭い喋り方をするんだなと、昴は今更ながら思った。なんとかよとか、なんとかだわなんて喋り方は、昴の母とかもっと高齢のおばあさん達の専売特許だと思っていた。けれど彼女の口から同じ言葉を聞くと、それはなぜか全く違う響きをもって、耳に新しく聞こえるのだった。

「ありがとうございます。嬉しいです、すごく。それで、その、お名前は？」

「東方見聞録よ」

「とうほうけんぶんろくさん。なんてゆうか、珍しいお名前ですね。その、女性にしてはって意味ですけど」

「あら、この子はオスよ。まあ、お淑やかな感じはするかもしれないわね、他の人から見たら。でもうちのなかでは結構喧《やかま》しいのよ。私にしか話しかけないの、この子。それも変な鳴き方をするの。キュイーンって鳴くのよ。おかしいでしょ。家の中では始終キュイーンキュイーン言ってるわ。でも変よね。十一年も一緒にいるのに、この子がなんて言ってるのかさっぱり分からないんだもの。分かった試《ため》しなんて、ただの一度もないんだから。私の覚えている限りね。この子ね、すっごく西から来たのよ。まだ誰も行ったことのない西の島から、生後三カ月の時に瓶に入って、いざ海へ出発とやったわけよ。誰かに投げ込まれたんじゃないのよ。自分の意志でこの子は瓶に入ったの。それで私のママが、うちの前に広がる海をお散歩していた時、大きな瓶がどんぶらこっと流れてくるのに気づいたってわけ。ママは夕方とかお昼頃、時には満月の夜にも砂浜をお散歩するのよ。一人でね。お散歩が何よりも好きな人だったわ。旅行なんか行くと大変よ。洞窟の中とか遺跡の間とか街を、一日中歩かされるんだもの。付き合うこっちはたまったもんじゃないわよ。ご本人は『でも旅行に来て家にいるみたいに一人で歩き回るわけにいかないでしょ。おコブちゃん』なんて言って、私やパパのこと引っぱり回すの。その時は嫌だったわ。歩くのは私だって嫌いじゃないけど、あんなに一日中連れ回されたんじゃね。でも今となっては懐かしいわ。ママに付き合わされるばかりの旅も。こんなこと言うと故人を偲んでいるみたいに聞こえるかもしれないけど、ちゃんと生きてるの。今もピンピンしているし、相変わらず浜辺を歩き回っているわ。もう結構年なのに。ああ、そうそう、猫ちゃんの話ね。この子ったら面白いのよ、瓶から出されたとたんに、ママや私のことなんてそっちのけで部屋中を嗅ぎまわるんだから。まるで新聞記者みたいじゃない。それもまだ三カ月しか生きちゃいないのに、もう百年も生きてきたみたいな分別くさい顔して、ベッドの下やゴミ箱の中、お裁縫箱の蓋の裏まで検分して回るんだから。その様子があんまりおかしかったんで、東方見聞録って名付けてやったのよ。ねえ、ぴったりだと思わない？」

「ええそう思います。多分、いやすっごく。でも僕、あなたのお名前を聞きたかったんです」

「あら失礼。てっきり猫ちゃんのお名前を聞かれたのかと思ったわ。私の名前は、すわよ」

　昴はがっかりした。てっきり下の名前を教えてくれるものとばかり思っていたのに、彼女が教えてくれたのはよそよそしい苗字だと思ったのだ。漢字を聞けば、諏訪ではなく素羽であることがわかったし、この名前が彼女につけられることになったあらましをたっぷり二十分はかけて（逆立ちしないと見えない青緑の鳥と、その鳥が彼女をお腹に宿していたママと正面衝突事故を起こした、満月の夜の不思議な出来事など）細々《こまごま》と知れたはずだったが、昴の機転はそんなに利かなかったので、彼はずっと勘違いを起こしたまま生きることになった。

　いろんな話をした。というより聞いた。晴れた日や小雨の日や、風のそよぐ日、とても暑い日や凍えるような日のなかで。どの日にも彼女はハンモックに寝そべり、足を階段の手すりに放り出して、怠惰な姿勢でラジオから流れるジャズかクラシックを聴き、一つの菓子を三十分も掛けて食べ、本を読んでいた。冬の晴れ間のない日はさすがに非常階段のハンモックではなく、家の中の猫に引っ掻きまわされた無慚なソファーに寝そべっていたけれど、冬でも太陽がそこにあれば、彼女は外に出た。爪はいつも黒と赤とか、黒と青、黒と黄の毒々しい色に塗ってあって、その指で抓みあげる菓子も茶も、昴に分けてくれたことはなかった。彼には彼女の爪の色が、いつしか悩ましい色になっていった。

「その島はね、トテモヒカリカガヤケル・ビースト島っていうのよ、本当はね。とっても大きな島でね、お魚の形をしているの。この子はその島の、お魚の尾っぽの割れ目の、丁度真ん中出身よ」

そう言って彼女は、首にしがみついている猫をもたついた手つきで撫でた。

「その島はね、本当にとても光り輝いているの。角度によって随分見え方は変わるけれど、どの角度から見たってそりゃあ綺麗なもんよ。島に生えている木から成《な》る実が、虹色に輝くダイヤモンドみたいな色でね、島に住む動物たちはみんなその実が大好物なの。すごく滋養になるから、熟れて木から落っこちた実を十日に一度食べるだけで十分生きていけるけど、岩の間から流れるミルクと、果実はならないけれども、たっぷり樹液を滴らせる別の種類の木の蜜も美味しいから、そんなものもちょっとおやつに頂いたりするわけ。島には鳥やウサギや猫や蛇や狼や、実に様々な生き物がいるのよ。その土地の水の中では、淡水魚も海水魚も生きられるの。でもね、トテモヒカリカガヤケル・ビースト島に生きている動物達は、私達の知っている動物とはちょっと違うのよ。彼らの身体はみんな白かグレーか黒なの。そして爪と牙と目は、食べた実と同じ色に輝いてるってわけ。彼らは決して他の動物を襲わない。使われることのない牙や爪は、だからいつもキラキラ光っているのよ」

あんまり美しいところを想像すると泣きたくなるので、昴は島の全容を思い描くことは避けて、ただちょっと綺麗な爪や牙をもつ動物が宙に浮いているさまを思い描こうとした。けれどダイヤモンドみたいな光は、どんなに閉ざした心の中にも入り込んでくるようで。どうしたって景色は、憧れた日の光をおびて眩しくなるばかりだった。

「時々ね、島を出て世界を見てみたいって考える個体が生まれるのよ。だから島はそんな動物のために瓶を拵《こしら》えるの。嵐の海でも沈むことなく、目指した場所に必ず行き着くことのできる確かな瓶をね。その瓶の中に入った動物は体毛の色こそ変わらないけれど、島にいる時よりも大概小さくなって、ご自慢の爪や牙の色は抜けるの。出先で彼らを見つけた人間やその他の動物達をびっくりさせないためよ。旅立った動物はみんな、自分の本当の姿がどんなだったかを忘れることはないわ。帰りたいと願ったときには海に向かうの。砂浜で潮の匂いを嗅いだり、陽に温められた砂の暖かさにまどろんだりしながら、そこで静かに待つのよ。迎えの瓶がやってくるのをね。瓶は必ずやってくるわ。自分の本当の姿を忘れさえしなければね」

別の日には、秘密にしていたけれど、実のところトテモヒカリカガヤケル・ビースト島にも、時々悲しい事件が起こるのだと、彼女は寂しげに話した。

「本当に時々よ。滅多に起こることじゃないの。でもね、時々起こってしまうの。ふとした弾みに。理由なんて私に聞かないでよね。私には分からないんだから。そうよ。ふとした弾みに牙を、もしくは爪を、使ってみたくなるみたいなの。誰かがね。殺したりなんかしなくても、ほんの少し外傷を負わせるだけで、変化は訪れてしまうのね。爪はたちまちのうちに黒ずみ、牙は病みきった動物のように黄色く濁ってしまうわ。眼には鋭すぎる別の光が宿り、もうかつての満ち足りた調和を映さなくなるの。鋭すぎる瞳を持つものはやがて自身の鋭利さに貫かれ、自らを害するようになるのよ。かつてはその動物も感じていたわ。神との交通であるところの風が、そっと自分の頬に接吻しに来たように感じられる微かな感触を。けれども今となっては、自分の頬にそんなふうに与えられるもののないことを知るの。風はもう二度と、この頬に触れてはくれないのだと悟りはじめる頃、ふと湖に映った自分の姿を目にするのね。かつての光り輝いていた姿ばかり脳裡にあるので、そこに映っているものが自分だと気づくには、少し時間が掛かるのよ。知った時には絶望するわ。なんと無様な怪物がここに立っているのだろうって。自分ですら怖気が走るのに、一体誰がこんな化け物の傍にいたいと思うのか。あらゆる困惑が一挙にその動物に押し寄せ、恥という概念がすっかり動物を飲み込んでしまうの。一度知れば二度と忘れることはできないでしょう。〝私は醜い〟と」

彼女はそこで一息ついて、火傷しそうなほど熱い茶を、慣れた様子で啜った。彼女が落ちこんだ顔をして見せると、昴は故郷がポンペイだとでも言わんばかりの不幸そうな表情になった。

「美しさを永久に失ってしまった動物は己の姿に悲嘆して、光の一切射さないような暗い洞窟の、それも最深部に身を隠してしまうの。気を取り直してそこから出てきた動物は、悲しいことにまだ一匹もいないわ。だから彼らが最後にはどうなってしまうのか、誰も知らないのよ。その島ではね、満月が夜を明るく照らすような日には、遠くのほうで自分を見失ってしまった動物達のすすり泣く声が聞こえるそうよ。その泣き声はまるで、〝月よどうかこの夜に私を照らさないでおくれ〟と哀惜しているみたいなの」

彼女が昴に聞かせてくれたお話は、どれもちょっと可愛くて色彩に溢れかえった逸話ばかりだったので、こんな罪の味がする話は珍しく、それだから、その時の彼女の流れるような口調も、彼女を包み彼女の心に呼応して震えているように見える空気も、湯気の立つ湯呑みに顔を近づける仕草や、そんな仕草につられて自分も一口飲んだ、持参の炭酸グレープの味でさえ、彼はよく覚えていた。彼女の背後には昴の家が見え、その向こうにも誰かの家が見えていた。誰かの家の庭には梨の木が一本あって、白い小花が満開に咲いていた。この人にはちょうどあの梨の花がよく似合うと、昴は思った。

どれだけのことを彼女に打ち明けただろうか。あまりお喋りなほうではなかった昴には、人に打ち明け話をした覚えなどほとんどなかったのに、彼女はなんにも言わないうちからもう昴のことを知っているようだった。そしてそれを、いつも知らないかのように振る舞っていてくれた。

共に過ごした日々があまりにも平和だったので、過ぎ行く日月を数えることなどしなかった。長閑《のどか》な時がそれ相応に穏やかで調和的であればあるほど、自分が感謝してその時を受け取っていさえすれば、末永く続いてくれるものと、彼は錯覚した。

いつか夢の話をしたかもしれない。その日は珍しく彼が話し、彼女が聞き役だった。

「時々僕は、こんなものが世の中にあったらいいなと思うんです。それは世界にたった一つしかないもの。きっととても大切な、貴重なもの。不思議の鍵です。その鍵はどんな形もしていません。けれどもちゃんとそこに、誰でも見られ誰でも触れられるものとして実在しているんです。その鍵をもってすれば開けられない部屋はありません。鍵が目の前にやってくると、世の中のあらゆるドアや門がたちまち素直になってしまうんです。巨人用通用口みたいな巨大な鉄の恐ろしく頑丈な門でも、ウサギと人参の絵柄のついた小人用のちっちゃな木っ端のドアでも、よくあるアパートやマンションみたいなところの素っ気ないドア、それに綺麗に装飾されたオペラ座のドアも。オペラ座なんて行ったことないけど、多分芸術を継承する役割を担っている自負のあるドアには、心を惹きつけるに足るだけの曲線とか、ベル・エポックと人々が呼び交わすような時代の素晴らしい彫刻技術でもって彫られた唐草模様とか、立ち止まって目を留めずにはいられないような美辞を認《したた》めた金字とか、そんなものが浮かんでいるんじゃないかな。とにかくそんなドアに、置き去りになったまま半世紀以上もそこにある山奥の家のドア。クリアガラスの如何にも新進気鋭な感じのする高層ビルのセンサー付きのドア。どのセンサーや鍵穴にもぴったりとはまる鍵がどこかにあって、僕はその鍵が道端に落ちているのをひょんなことから見つけるんだ。銀行の金庫や宝石店にだって、入ろうと思えば当然入れるだろうけど、世界に唯一つ似るもののない鍵を手にした後で、そんなぱっとしないものをどうして欲しいなんて思うでしょうか」

夢中で鍵の話をする昴を彼女は真っ直ぐに見つめ、なぜだか知らないけれど猫の東方見聞録まで、彼女の首にのっかったまま彼をじっと見ていた。

「その鍵でもって僕はどこかのビーチが見渡せる部屋に入るんです。誰もいない時のね。狭くても広くてもいいや。そこに座り心地のいい揺り椅子がありさえすれば。僕はゆっくりと部屋の中に歩いていって、椅子に座って海を眺める。窓を開けて波の音に耳を傾け、持ってきた炭酸グレープをちびりちびりと飲む。長い間そうしているんだ。陽が傾いてくると、その部屋の主が帰ってきて僕を見つける。主は三十代半ばくらいの健康そうな日焼けした男で、僕は『やあ』と声を掛ける。男は僕に『やあ』と返事をする。ちょっと気を使ってお邪魔だったかしらと僕は彼に尋ね、彼は邪魔なんてことはないよと答えるけれども、それは嘘だ。きっともうすぐ誰かもう一人この部屋にやってきて、僕がいるのを知ると、顔には出さないけれど内心がっかりするんです。だってそのもう一人は女性で、夜は部屋の主と二人だけの時間だと思ってやってくるんだから。僕はそれらのことを男の生返事から察して、『ありがとう。でもそろそろ帰るよ』と言う。『そうかい』と男はなんでもなさそうな様子で応えるんです。そして僕が扉を開けて去り際、男がちょっと僕を呼び止めるんだ。振り向くと男が冷蔵庫から出してきたらしいコーラを僕に見せる。『いるかい？』『ああ、頂きます。ありがとう』。僕は炭酸グレープを後ろに隠して言う。まるで始終コーラ片手に暮らしてきたみたいな顔をして。そしてまた別の時には、別のドアを開けて部屋にいる誰かに『やあ』と挨拶します。向こうも『やあ』と返してくれると、『それじゃ』と言ってドアを閉める。それだけ」

心からの願いをいざ口に出してみると、その可笑しさに笑いが込み上げてくる。こんなに笑ったのはいつぶりだったか覚えがないほど、しゃくり上げて笑ったら、腹が捩《よじ》れて痛くなり、訳もなく目頭が熱くなった。けれどその時笑ったのは昴だけだった。彼女は、凡人には理解できないような真剣さでなおも彼を見つめ続け、静かに話の続きを待ってい た。思いもかけなかった実直さにぶつかって、笑いは引っ込み、彼は話を続けた。黒猫も相変わらずこちらを見ていたが、おそらく生後三カ月の頃から変わらないであろう分別くさい黄色の瞳でこちらを窺っているようで、なんだこいつ、と昴は思った。バビロニアの壁みたいな顔しちゃって。おでこに神託でも携えてるみたいじゃないか、猫のくせに。

「もしも東方見聞録が僕の昼飯をかっぱらって、メザシやなんかを咥えたまま走り出すようなことがあれば、僕はそんなこともあろうかとあらかじめ開けておいたあらゆる部屋を飛びまわるんです。映画や漫画みたく、リビングでくつろいでいる老夫婦や、カーラーを頭につけたまま台所にいるおばちゃんの前を、『御免なすって！』と叫びながら、東方見聞録を追って縦横無尽に部屋から部屋へすっ飛んでいくんだ。それからまた別の折には、たまたま入っていった部屋で孤独な誰かに出会い、深刻で秘密な話を聞く夜がありま す。また別の偶然に出会う時には、ばつの悪い事にその部屋は通夜の真っ最中だったりするんだ。『一体誰がお亡くなりに？』『僕の祖母ですよ』『おいくつだったのですか？』『先月八十になったところでした。それにしては元気でね、足腰も頭のほうもまだしっかりしているると思っていたんだが』『そうですか、寂しくなりますね』『ああ、まったくね』。心のうちで僕は大往生じゃないかと思うものの、折目正しくスーツを着込んだ男の目には、留めることもできず過ぎ去った歳月にまだ問いかけたいことが残っているのが見て取れて、呑気にそんな声を掛ける気にはなれないんだ。またある時には、結婚式を無事終えた若い女性が化粧を落としている部屋に行きあたって、おっと失礼と急いでドアを閉めるんだけど、祝辞を述べ忘れたことを思い出して、またそのドアを開けるんです。今度はもっと気をつかって、ドアを開けるのはほんの少しだけにして。僕がひそひそ声で『おめでとう！』と声を掛けると女性は、まだ左半分の顔のお化粧が取れていないのも、頭髪にピンクやオレンジのバラの花びらが散らばったままになっているのもお構いなしに、『ありがとう！』と顔をくしゃくしゃにして笑うんです。鏡越しにね。僕は思うんだ。こういうときの女の人って、どうしてこう可愛いんだろうって。そうだ、十回に一回は音楽家の部屋に行き当たりたいな。そこでピアノやヴァイオリンの音色に耳を傾け、百回に一回くらいはヘビメタをやってる兄ちゃんの部屋に行き着いちゃって、あの消化不良を起こした獣の呻き声みたいな歌を耳元で叫ばれるんだ。それで凝りて、しばらく鍵は封印することにするんです。でも喉元過ぎればまたちょっと、どこかの扉を開けに行きたい気分になるんだな。そして時が来たら、僕の大事な、何より大切に思える鍵を、新たにそれを使いたがっている誰かのために、道端にそっと置いておくんです。その真価を正しく知り、宝物にできる誰かに」

昴が話し終えると、彼女はようやく笑いだした。昴のような馬鹿笑いではなく、ちょうど彼女が話してくれた幻の島と同じ色の小さな結晶が、一斉に空から降ってきて、てんでに好きな方向に跳ね返ってゆくような笑い方で。彼女は、楽しそうだった。

何の前触れもなく突然いなくなったのに、それは衝撃というより、夜に現れ朝には消える白露のような印象を残した。流れを急に断ち切るような不自然な行為を、自然に還してしまえるのは、きっと彼女のあの笑い方のせいに違いないと、彼は思った。

メリークリスマス　昴

自由な心に叶うだけのプレゼントを用意することが

私にもできたらいいのにと思います。
これは子供の頃私が使っていた、私の部屋の鍵です。
家はまだそこにあります。
いつかあなたが大人になったら、すべての部屋に通じる鍵が
あなたに授けられますように。心から願っています。
深謝感佩。
すわ

とても小さな鍵だった。鍵についていたお手製のキーホルダーは黒猫のフェルトだったけれど、眼は黄色と青のオッドアイだった。随分年季が入っていて、耳の先端が擦り切れ、表面には毛玉がついていた。

はじめは知らない人の部屋に間違えて入ってしまったのかと思ったけれど、がらんどうになった部屋の真ん中には、若緑色の包装紙に金色のリボンを掛けたプレゼントがあって、リボンには昴宛てのメッセージカードが挟まれていた。箱の中にはトナカイとサンタの絵が描かれた特大のアイシングクッキーが二枚、一口大の色とりどりのフルーツゼリー

が沢山と、そしてこの鍵が入っていた。

どこにいってしまったのだろう。完璧に優しかったわけではなく、上首尾だったともいえない日々。それでもまだ、孵化する前の卵を両手で包み込んで、壁に投げつけたりなんてしないだけの思いやりがあったあの日々は――

彼の父は工場を辞めてきた昴のことを、四千五百回くらい情けないと言って嘆いていたけれど、ある日突然何も言わなくなった。父もその日からは、情けない息子と同じように日がな一日家の中にいて、ほとんどずっと寝ているか、目を覚ましてうとうとするかの毎日を送るようになった。四十年近くも一つの会社で真面目に勤めてきて、最後は羊羹でも切るみたいに簡単に首を切られたのだ。退職金はおろか、安っぽい金メッキの時計すら貰えなかった。父がリストラにあって以来、親子の間に会話は存在しなくなった。

タクシーの中から見える景色はいつも、ちょっとやりすぎなんじゃないかと言いたくなるほど如実に様相を変えていく。店を出て走り出す時は、曇り一つないガラス張りのビルや、ハイブランドの豪奢なビルが建ち並ぶ景色が見えていた。行き交う洒落た格好の人たちや、ライトアップされたイチイの背の高い街路樹の隙間から、艶やかな夜の香気が匂い立ち、窓を開けずとも車内まで漂ってくるようだった。明るい中央通りを過ぎると今度は、皇居の静閑な森を片側に見ながら車は滑走する。森は暗いのに、そこを通りかかる時、昴はなぜだかいつもシャンパンの泡立つような爽やかさを感じるのだった。

車が走れば走るほど、二人はそんな泡立つ佳景から引き離されていった。やがて車は彼らの見慣れた界隈に入ってゆく。色褪せた造花のアーチを冠した埃まみれの中古車を、いつまでも店先に飾っている中古車店。養豚場のような匂いを周囲に撒き散らすラーメン屋に、人もまばらな駅前でやたらと派手に居座るパチンコ店。

また帰らなければならないのかと思うと、昴はいたたまれない気持ちになった。人を虚《こ》仮《け》にしたみたいに狭くて、陽も当たらない部屋。昼間でも海底のように暗く、そのくせ古臭い和式便所だけは日がな一日明るい場所にある、おそろしく馬鹿げた間取り。自分達がその部屋を二目と見られないほど汚してしまったことは、昴も認めないわけにはいかなかったけれど、なにもそんなに汚さなくたって最初から汚い部屋だった。彼らが越してきた日、まだ荷もほどかないうちからもう、柱にはラグビーボールほどもある太ったゴキブリが這っていたのだ。それも御大層に家族連れで、何匹もそこに張り付いているのだからたまらない。綺麗にするという行為をあれほど虚しくさせる部屋は、ちょっと他にないんじゃないかと、昴は思った。

父はいつものように、彼らのアパートの三軒先にある家の前でタクシーを停めるだろう。ろくに話したこともないあのババアと犬だけで贅沢に暮らしている庭付きの家を、我が家のように見せかけるために。

彼はふと、前方に座る父親を見た。高澤氏は、アシストグリップを命綱のように握りしめて、頑なにそれに掴まっているところだった。座席の下にはまるで、永久に落ち続ける穴でも開いているかのようで。乱暴に丸められた紙屑のように傷んでしまったこの男を、昴は初めて見るように、しみじみと眺めた。

なぜこれほどまでに遅いのだろう。いつだって。タイミングは最悪で、どんな局面も後の祭りだった。ベストなタイミングを一度でも掴めたなら、彼はその時に、必然的にそこに居合わせた人々に向かって微笑み「やあ、間に合ったかな?」と声を掛けてみたかったけれど、人生に遅刻してばかりいたので、いつの時にも居合わせるのは自分一人きりだった。侘しさは、きっとそんな景色の中からやってくるに違いない。

理解がこうも後にならないとやってこない訳を、せめて知れたならと、彼は思った。今日やっと、彼は自分の父親を理解したのだ。

神は、どれほどの人間をその他大勢の人間からより分けて、どれほどの祝福を、たった一人の頭上に注ぐのだろう。

父さんはきっと、神の抽選に自分が悉《ことごと》く外れていることを、知っていたんだね。そんなものがあればの話だけど。でもあんたは、あると確信していたんだ。そうだろ？ 抽選に当たった幸福な人間のふりを続けていれば、いつかそれが本当になると、思っていた？ 話せるならこんなふうに話しかけてみたかった。優しい態度になれるかどうかわからないけれど、できるだけ親切な口振りで、聞いてみたかった。

息子の視線を受けても高澤氏は振り向かなかった。かなり熱心な視線のはずだったが、氏はますますアシストグリップを固く握りしめ、息子との対峙を拒絶していた。まるで後ろに座っている息子にまで、気を抜けば飲み込まれるとでも思っているみたいに。

自分ばかりが夢見がちな人間なのだと昴は思ってきたけれど、父もまた夢を見ていたのだ。だがこの男が生涯をかけて追い求めた夢は、夢と呼ぶには粗末に過ぎた。

もっと美しい夢を見るべきだったのだ。たとえそのせいで今より更に世間と折り合いがつかなくなったとしても。くだらない現実がよく見えているといって得意になっている連中から十分な距離をとって、見るなら、完璧に美しい夢を見るべきだったのだ。それが僕らの失敗だよ、父さん。彼はまた、振り向きもしない父親に心の中で語りかけた。僕らはどうやら、世界を夢見るというその一点において、完全に失敗したみたいだ。

泣かないでと言ってくれる誰かが、頬に優しく手を触れてくれるそんな人が、今ここにいてくれたなら。腹に槍でも突き刺さったみたいに、彼の上半身は前方に折れ曲がった。昴と呼びかけられたことが、あっただろうか。手紙には書いてあったけど。あの人の口から実際に自分の名前が呼ばれるのを、聞いたことがあっただろうか。

重症患者並みに腹を抱えて倒れそうになりながら、名前を呼ばれたかどうかを気にするなんて、自分でも変だと彼は思ったけれど、もし比喩でなく実際に腹が裂けたとして、それでもなお気にかかるのは、ある人物から名前を呼ばれたことがあったか否かだった。

本物の南十字星を見たことがある？

いいえ。まだありませんけど、すわさんはあるの？

ええ。あるわよ。随分昔、うんと小さかった頃よ。パパのお友達がオーストラリアにいてね。日本人なんだけど、お仕事でしばらくそっちにいたの。それで私達家族をご招待してくれたってわけ。街の名前は忘れちゃったけど、とっても綺麗なところだった。ガラス張りの高層ビルが何本か建っていてね、そこを中心に街が広がっていたわ。大きな街ではなかったけれど、何でもあったの。前方には白い砂浜のビーチ。街のずっと後ろには山々が聳えていた。博物館に行ったのよ、私達。アボリジニの人達の工芸品やなんかが展示されていたわ。私達が野蛮だった時代、今でもまだ野蛮なところがあるのは認めなきゃね。でも、今の時代は少しマシよ。昔よりはね。とにかく、そんなお話にもならなかった時代のポスターやなんかも、飾ってあったわけ。歴史を振り返って反省って意味を込めてね。昔のポスターってほんと、見られたものじゃないわよね。トンチキなことばかり書いてあって。でもね、自分で自分が恥ずかしくなるような腐った過去をなかったことにしないでいる懺悔の精神には、私、ほろっときちゃった。骨もあったわ。詳細はうまく言えないけど、その土地固有の動物の骨よ。人間がその島に住み着く遥か昔からそこに住んでいたっていう。ＣＤショップにも寄ったのよ。博物館の後でね。予定にはなかったのだけど、パパにお願いしたの。脅迫したって言ったほうが正しいかしら。ほんとはお店に寄ってる時間なんて全くなかったのよ。後の予定が詰まりに詰まってたから。この土地でCDをなにか一枚でも買って帰れなきゃ首でも括るしかないって勢いで、喚き散らしたっけ。休日の広場でそんなことやったもんだから、パパも流石に参っちゃってね。ほら、子供ってよく貝殻の一枚やアイスクリームの一つが、生きるか死ぬかの大事件に発展するじゃない？　丁度そんなお年頃だったの、わたし。子供はみんな生まれながらのシェイクスピアよ。本当よ。五秒で用を済ますよう言いつけられたので、飛んでお店に入ったわ。ザーッと店内を走り回って、ジャケットを見て回ったの。お陰様でとっても素敵なCDを見つけちゃった。三秒でね。モノクロームだった。すっごくセクシーな大人の女性が写っているの。ロングドレスなんだけど、下のほうが透けちゃってて、長い脚が見えているのよ。多分金髪じゃないかしら、彼女。長髪でウェーブがかかってた。眼の色は分からなかったけれど、あまりむやみに人を寄せ付けない表情をしていて、それがグッときたの。セクシーなのに、なんだか理知的な感じだったわ。そのCD、今も家にあるの。英語なんかてんで知らないでしょ。だから何言ってるのかさっぱり分からなかったわ。でも掠《かす》れたハスキーな声で、何でもないみたいに歌う曲はなかなかのものだった。時々ちょっと切なくなることもあったの。彼女の歌声を聴いているとね。パパにこの人なんて名前？　って聞いたら、ニッキって書いてあるよって教えてくれたわ。すぐに夜がやってきた。その前に夕陽を見たけれど、陽が沈む直前って、なんであんなになんでも黄金みたいに見えるのかしらね。どこにいたって地球が丸ごと黄金郷みたいなんだから。一日の中のその瞬間だけは、私、なんでも持ってる女王様みたいな気になるの。夕日の光のなかではどんな人も、王様か女王様か、そうでなきゃ何かの重要人物よ。パパのお友達は親切なおじさんで、その家族もみんな気持ちのよい人達だったけれど、ちょっと残念なことに、その家のバーベキューはあまり具合がよくないの。不味いっていうんじゃないのよ。ただ、ダンボールみたいな味のお肉が出されたってだけ。その夜のことよ。南の空に輝く本物の十字星を見たのは。想像していたほど大きくなかったわ。私てっきり、超巨大な星座だと思っていたのよ。国旗になるくらい有名な星なんだもの。でもね、勇敢な感じがしたの。じっと見つめているとなんだか、あの星を目指して空を旅したいような気にさせられたわ。いつか未来で、本当にそんなところまで行けるようになったら、ねえ、その時はあなたも、空を旅したいと思う？

あの日自分がなんと答えたのだったか、昴は思い出せなかった。もしかしたら何も答えられなかったのかもしれず、馬鹿なことを言ったのかもしれなかった。本心を打ち明ける勇気など、とても持てなかったことだけを覚えている。彼には、彼女の聞かせてくれた本物の星の話が、自分とは全く無関係に思えた。

父さんや母さんみたいな人が、どうしてこんなに勇敢な星の名前を、自分達の息子につけようと思ったの？

あったのだろうかと、昴は訝った。あの二人が、見れば勇敢とは何かを教えてくれる本物の星に出会えたことなど、生涯のなかで一度でも、あったのだろうか。

彼は起き上がって、タクシーの小さな窓から、眺められるだけの夜を眺めた。もう腹を押さえてはおらず、背中を曲げてもいない。街にばかり向けていた視線を空に向けて、やっぱりなと思った。見てきたのはいつもこの空だ。

彼女と二人で星から星へ旅する夢を、なるたけ見ないよう努めてきた。特に彼女が去ってしまった後では。あまりに美しい夢を見すぎると、生きていくことが困難になりそうで……。

　こんなことを子供達に教えた大人は誰だったろう。始終星や夢について語るような人間が最後にはどうなるか、知ったように語る人達の言うことを真に受けて。人生を完膚なきまでに破壊してしまうのは、遠すぎる星でも素晴らしすぎる夢でもなく、その身にこびりついた乏しさなのだと教えてくれる大人が、もっと世の中に大勢いてくれたら、どんなによかっただろう。

　昴はもう、自分が手遅れなほど大人になってしまったことを悟った。今、過去のどの瞬間よりも彼は大人になった。

「お父さん。見てください。空に南十字星が浮かんでいますよ。あなたが僕につけてくれたのと同じ名前の星が、空に輝いています」

　彼は親切な口調で父に話しかけたつもりでいたが、その声はやたらとハリがあり、しっかりしすぎていたので、かえって人の逃げ場を奪うようだった。

　父はグリップを握る手を恐る恐る緩め、身体を傾けて窓から空を見上げた。

　東京の空には今夜も厚い雲が垂れこめ、星などひとかけらも瞬いてはいないのだった。

月があなたを見ています

記憶のなかにある場所は、なぜ光に包まれているのだろう。

誇らしい人生を歩んできたわけでもないのに、過去のなかに自分の姿を探すとき、私はいつも眩い光のなかに座っている女の子を見つけだす。それがあまりにも、不思議だと思う。

子供の私は学校の階段に座って、別に何をするでもなく頬杖をついている。一人だ。そこは廊下の突き当りで、階段を下りると運動場に出られるようになっている。プレハブの素っ気ない屋根がついていて、私は何を思ってかその場所によく座り込んでいた。きっと、景色を眺めるのが好きだったのだと思う。プレハブの屋根や、運動場の向こうの桜の木々や空、知らない人達が暮らす家々を。

日差しが強く、雨の多い土地だった。荒すぎる海風を受け、傘などさそうものならものの五秒でバラバラになるような、激しい雨の降る地域だ。けれど奇妙なことに、私の記憶の中では、そこはいつも眩しいくらいに晴れ渡っていた。

ある時誰かに、なぜ景色ばかり眺めているのかと聞かれたことがある。私はそれが素朴な疑問だとばかり思って、人といるのに窓の外ばかり眺めている無礼を咎められていることに気がつかなかった。家や空が、そんなものがずっと、そこにあったらいいのにと思って——きっと相手には、私が途方もない馬鹿に映ったことだろう。

階段に座っていると、舞子ちゃんが必ずやってくる。今はもう存在していないその場所を思う時、彼女が廊下からひょっこり現れて私に笑いかける姿が、最初に浮かび、最後に消える。

舞子という名前の響きが美しかったので、私は彼女のことを舞ちゃんとかまっちゃんと縮めずに「舞子はん」と呼んだ。彼女はこの綽名《あだな》が気に入っていて、舞子はんと呼ぶととても特別な笑顔になった。お返しの精神を生まれる前から胸の中に宿しているような女の子だったので、自分が呼ばれて嬉しかった綽名をそのまま私に返してくれた。「りえはん」と、彼女は私をそう呼んだ。私はその綽名がそれほど綺麗な響きではないと感じたので、舞子ちゃんがもっと何か綺麗な感じの綽名を私につけてくれればいいのにと思っていた。

「はん」をつけて美しいのは、彼女の名前だけだ。

会話らしい会話を私達はあまり交わさなかった。ただお互いを呼び合うだけで心が通じた。お互い同士でしか理解できない単調で馬鹿げた冗談の掛け合いと、名前を呼び合う、たったそれだけの関係が、どうしてあんなにも満ち足りたものであり得たのだろう。

舞子ちゃんは私よりも一学年上だったけれど、常に同じ目線でふざけ合い、仲良くなって一年が過ぎても二年が過ぎても、昨日の雨の中で傘をさしたらぶっ壊れただの、アホな弟が鼻から牛乳を飲んで死にかけただのと、相も変わらずしょうもない話ばかりして、呑気に二人で笑い転げていた。

舞子ちゃんの背後にはいつも、光を除けば畑があった。幅一メートルくらいのささやかな畑が校舎に沿って伸びていて、季節の野菜や、赤やピンクの花が分かりやすい感じで咲いていた。彼女はそんな景色を背にして階段に座り、私といる時にはいつも笑顔だった。

舞子ちゃんの表情は、覚えている限りずっと同じだ。もしも宇宙が人類に酷な結末を用意したとして、火だるまになった隕石が空から大量に降ってくるようなことがあっても、そのなかで、彼女だけは今と変わらずに隣にいる誰かに微笑みかけているんじゃないかと、そんなふうに思えた。

多分私達は、クラスでちょっと浮いていて、なぜ級友がこちらには理解できない含みありげな言葉を使ったり、やたらとかさばる動物のように自分達のテリトリーを主張して私達を遠ざけようとするのか、その理由が解らずに困り果てている時に、お互い同士を見つけだしたのだ。

クジラ雲を探しに行こうと言い出したのは、どちらからだっただろう。

国語の教科書の絵みたいに、空に浮かぶ巨大なクジラ雲に二人で乗ることができたなら。私達は、世界中の空を旅して周るつもりだった。

「空から見たら私らの家、どんなふうに見えるかな。大阪に行ってみたいな。それからニューヨークにも。ジャイアント・ピーチって知ってる？　映画やよ。男の子が蜘蛛とかキリギリスとかと一緒に、でっかい桃に乗ってニューヨークに行くん。桃やと海から行かなあかんから、私らはクジラ雲に乗って空から行こう。桃は美味しそうやけど。でも、桃をおっきくしたり私らをちっさくしたりするには、魔法使いの変なお爺さんに会わなあかんやろ。ここら辺にはそんな人おらんもんねぇ。よその人もここらまでは来《こ》んもん。ねえ、雲の上には食べ物あるんかな。水しかなかったらどうする?」

「んー。多分雲は綿あめに似てるから、そんな味するんちゃう？　もし乗った後で何にもなかったら、クジラさんに相談してみようよ」

こんな時、舞子ちゃんは何だか頼もしい人になった。私はいざ冒険に出てみると、出る前はてんで何も考えやしなかったのに、急にあれやこれや心配になる性質《たち》だった。

「クジラさんって喋れたっけ？　教科書なんて書いてたか、舞子はん覚えてる?」

「りえはんが覚えてないなら私も覚えてないよ」

「そっか。そうやね。私はこの前習ったけど、舞子はんは一年前やもんね。もしクジラさんが私らの言葉分からんかったらどうする?」

「私、いろんな国の言葉知ってるよ」

「ほんま?」

「うん。ハロー。ソーリー。センキュー。アイラビュー。トゥモロ。これはアメリカ語」

「トゥモロって何?」

「明日。ボンジュール。メルシーボクー。ジュテーム。これがフランス語で、シェシェ。

ニーハオ。タエズデンシャ。オーアイニ。これが中国語」

「メルシーボクーって何？　オーアイニは」

「メルシーボクーはとってもありがとうって意味。オーアイニは、月があなたを見ています、ってこと。グーテンタークがドイツ語でこんにちは。アニョハセヨもこんにちはで、これは韓国語。ミアネも韓国語」

「月があなたを見ていますって、いつ言うの？」

「んーとね。ずっとその人を見守っていたいって思った時かな。一緒にいられる時にも、いられない時にも」

「そっか。月なら自分が傍にいられない時でも、その人が歩く場所を照らしてあげられるもんね。ミアネは？」

「ごめんなさい」

「きれいな響きやね。そっか、韓国の人のごめんなさいには濁りがないんや」

ミアネという響きの濁りのなさを気に入り、私は舞子ちゃんにこれから私のことをミアネと呼ぶようにお願いしたが、彼女は「ねえ、ごめんなさい」と呼びかけるのも「ごめんなさいはどう思う？」と問いかけるのも変だと言った。

休みなく自転車を漕いで坂を下ったり登ったり、般若みたいな顔をしているおっかないおばさんの家の前を息を止めながら走ったりして、私達は見慣れた界隈を出ないうちから早くもへとへとになってしまった。

気がつくといつの間にか墓地へ登っていく坂のふもとまで来ていて、坂の下にあるカキ氷屋が、旅の疲れを癒やすオアシスに見えた。

墓地は学校から目と鼻の先にあるので、結局はぐるぐる駆け回った挙句ほとんど元の場所に戻ってきてしまったことになるのだけれど、そんなことを〝進展なし〟と捉える私達ではなかった。

一瞬一瞬の連続で重なる今は、人を待たず過ぎ行くことを、私達は既に知っていた。とはいえ、中国や日本の古い詩みたいな、過ぎ去ってゆく時の切なさをまだ感じたことはなく、一方向にしか進まない時の流れに抗議したくなるようなこともなかったけれど。それでも、今日見つめた景色をいつか忘れてしまわないように、必死で心に留めようとした。

途中でアオヤンマが私達の旅についてきてしばらく一緒にいたこと。一瞬目を離した隙に消えてしまったあの二匹のアオヤンマは、どこに行ってしまったのか。この村で生まれ育った私達に分からない道などもうないと思っていたのに、知らない小道を発見したこと。その小道のひんやりとした薄暗さは、特にこんな天気のいい日には不自然で怪しげだったから、きっとなにかある。空に島くらい大きな鳥が浮かんでいたこと。あんなに大きな鳥は見たことがないから、もしかしたら鳳凰かもしれない。今日鳳凰が空を飛ぶなら、クジラさんは空を泳ぐ予定を明日か明後日にずらすのじゃないか。ぶつかったら危ないし。でも、空はこんなに広いのに？

「なんでイチゴ味頼んだん？　好きなん？」

「うん。それもあるけど、ほら」

「あっ、舌の色変わってない。頭いいなぁ、舞子はんは。私の舌は、ほら」

「真っ青やねぇ。ブルーハワイって美味しいん？」

「多分カキ氷のなかで一番美味しいんじゃないかな」

「ソーダみたいな味？」

「ううん。ソーダじゃなくって、空がハワイの女の子にキスしてるみたいな味」

「そっか。美味しそうやね」

不思議に思う。取るに足らないこんな会話を、何度だって思い出す。心はそれを忘れず、流れを止めた場所に留めようとする。まるで人生が、ここにありますようにと願うみたいに。

変わるものなどない世界に生まれたかったけれど、ここはそんな世界ではなく、私は変わった。

理由《わけ》は知らない。でも最初に、彼女達が変わった。昨日まで相手にもされなかったのに、今日はなぜかちょっとした顔見知りみたいに話しかけられ、私は驚愕した。話しかけざるを得ない状況になっても、先生に促されない限り私とは話すまいと、みんな不屈の精神で頑張っていたのに。先生に言われて仕方なく話しかけてくる時だって、殺められたコハダみたいな目で俯きながら、私のほうに向かってぼそぼそと何事か呟くくらいが関の山だったはずだ。

クラスのみんなと先生が苦手だった。特に先生が苦手だった。

ある時、クラスの男の子が投げ飛ばしたお手製の短剣型段ボールが私の胸に直撃した。

短剣は、段ボールを何枚も重ねて厚さ七センチほどにし、更に殺傷力を高めるため、全体を布製のガムテープでグルグル巻きに縛るような念の入りようだったので、私は激痛のあまりその場にうずくまった。それを見ていたいつもは私を無視している女の子の集団が、映画版になると急に友達想いになるジャイアン並みの優しさを発揮して、先生を呼びに行った。先生は私に謝るよう男の子に命令し、男の子は先生に言われるがまま謝った。いつものように不貞腐れた態度で「ごめん」とぶっきらぼうに呟いて——普段はそれで許されたが、その時先生は彼の態度に激怒した。男の子は、涙をいっぱいにため充血した目で私を睨み付けながら、「ごめんねっ！」と叫んだ。胸の痛みのせいで既に私も涙目だったが、堪えていた涙はこのとき筋になって床に流れ落ちた。男の子は更に厳しく怒られることになったけれど、そんなことはどうでもよかった。私は、自分がうずくまっている廊下を見つめた。歩くたびちぎれるような音を立てて軋む廊下は、毎日箒で掃き清め雑巾掛けまでしているというのに、いつ見ても埃で溢れかえっていた。私の涙で染みができるとそこは更に朽ちて見え、どうにもならないほどみすぼらしくなった。なぜだろうと、疑問に思った。いろんな事がこうもみすぼらしいのはなぜだろうと思うと、枯れるはずの涙は止まらなくなった。

先生はことあるごとに、クラスの子を私に謝らせによこした。女の子であることもあったし、男の子であることもあった。同じ子が何回も来ることもあったし、一度も来たことのない子や、一度だけ来た子もいた。彼らは悪いと思っていないか、さもなければ、悪いかどうかは相手が誰だったかによって決まると思っているようだった。謝罪を強制するのは先生なのに、彼らは私が強制していると思うほうが好きで、大好きな先生には非がなかった。

求めてもいない謝罪を、訳も分からぬままに受け続けた子供は、やがて他者を許さない大人になる。「なぜ謝るの」と問いかけ、困惑する相手に答える隙も与えず「あなたの謝罪にどれほどの値打ちがあるのか教えていただけない?」と更に問いかけるようになる。

認めるべきは値打ちではなく真意であり、人はいつか許されると知っていながら。私は、そんな遥かな未来の真実を無視して、人が人を手前勝手に許さないでいる現代を好み、そんな現代に進んで身を投じる情け容赦のない大衆の一人になった。

答える暇も与えず問いかけに問いかけを重ね、また問いかけを投げつければ、人は脆《もろ》くなる。あからさまな攻撃には準備できるはずの反撃体制や何らかの心の装備も、問いかけの形をとった巧妙な悪意には無防備で、私は隠れたがっている弱さを引きずり出すようなこの心理を、そうしたいと思う時にはいつでも利用できる人間になった。もしもどこかで好きなタイプはどんな人かと訊かれたら、思い通りに動く人間だと答え、嫌いなタイプはどんな人かと訊かれれば、心に信念を宿し、いつでも正気でいるような人間だと答えるだろう。

急に話しかけてくるなんて一体どうしたのかと尋ねたくてならなかったけれど、長い間彼らから話すことを禁じられていた口はカラカラに乾いて硬直していたので、唐突な呼びかけにかろうじて答えられたことと言えば、「うん」と「ううん」の二語だけだった。不思議なことに気まずい思いをしているのは私だけで、話しかけてきた子達は、まるで昨日までの記憶を失ってでもいるみたいに、具合の悪さなど微塵も感じていないようだった。

初めはただ驚き少し怖くもあった変化が、段々と常態になり替わっていく過程で、喜びに変わった。

「寒いね」と話しかければ「寒いね」と答える人のいるあたたかさ（俵万智／サラダ記念

日）

図書館でたまたま見つけた詩に、言いようもなく胸が抉れたあの頃の自分が、どんなに不憫な存在だったかを、その時になってようやく知った。寒いねと声をかけるどころか、おはようと挨拶することすら許してはもらえなかったその位置では、寒さなど言葉にならない。

お昼休みにやるトランプ遊びのメンバーに、当然のように自分の席があること。掃除をさぼる仲間の一人になり、この六人で同じ班になれたらいいのにねと、一緒にさぼった子に言われたこと。教科書を忘れても隣の子に舌打ちされずに、それどころか機嫌よく見せてもらえること。汚がらず当然のように私に触れてくれる無数の手があること。一つ一つの好意や言葉が、際限のない喜びに変わった。

そんなものには価値がないと教えてくれる誰かが、あの頃、私の傍にいてくれたらよかったのにと思う。他者から与えられる類の喜びに飛びつくほど愚かな人間は、自分の人生が瓦解してゆく音に気づきもしないのだと教えてくれる。そんな大人がなぜ、あの頃私の傍にいてくれなかったの。

新しくできたお友達は、舞子ちゃんとは随分違っていた。言葉の裏には大抵別の意味があり、こちらがそれを当てられないとなると小馬鹿にして笑った。笑顔は笑顔でしかあり得なかった舞子ちゃんとは違い、本当の笑顔の他にも色々と笑みの種類があるようだった。正当性や権利、資格といった概念が急に流れ込んできた。相手が間違っていれば鋭く糾弾する権利。言葉の誤謬《ごびゅう》を指摘して優位に立つ資格。遊び場を自分達だけで占有する所有権。与えてはならない者に過ぎた権利を与える行為は仲間に対する裏切りなので、個人的に嫌ったことなど一度もない相手に対して、辛く当たる必要に迫られた。

あんなにも自分達の権利を主張しなければならない理由がどこにあったのか。何に勝とうとしていたのか。何を敵と見なして、始終戦いを挑んでいたのか。与えられた喜びにしがみつくことしか考えていなかった私は、心の奥底に芽生えるクエスチョンを、仲間にバレないうちにと急いでかき消した。

そんなことを何年も何年も続け、やがて、大勢の仲間で一人の人間を虐め倒すことが楽しいと笑う友達を前にしても、クエスチョンすら浮かばなくなった。あの捩《よじ》れたように曲がった口から見える剥き出しの歯を、そんな笑い方を、歪《いびつ》だとも悲しいとも思わなくなった。歯を剥き出して笑う女の子を、可愛いと褒めそやすクラスのみんなの価値基準が、私の新たな正しさの基準になった。正義はそんなふうにして、そこに居合わせた人間のレベルに応じて決定され、風向きが変わると、正義も変わった。変わるたび精神も向上すればよかったけれど、私達は、そこまで賢くなかった。

「私はね。正義っていう言葉が嫌いよ」

いつか誰かが私に話してくれた。そこは川のせせらぎのような音が聞こえる、しみじみとした場所だった。朝でも昼でも、夜でもない時のなかにいるようで。景色は絶えず移り変わるのに、その人の声があんまり優しかったものだから、不変の場所のように感じられた。きれいな場所だったのに、私はその場所がどこで、話していたのが誰だったのか、思い出すことができない。

「正義を口にしてしまったら、正義の名のもとに誰かを認めないでいることも、正しいと思ってしまうでしょう。正しくない人は傷つけてもいいと自分に許してしまったら、人はどこまででも残酷になれるのよ」

私はどんな顔をして、その人の話を聞いていたのだろう。

「ねえ、りえちゃん。未来では、正しさを語る必要なんてないくらい、みんなが強くなれたらいいのにね」

またその人に会いたかった。でも、どこに行けば会えるのか分からなかった。本屋に行けば、日本や世界の絶景を写した写真集を隈なく捲《めく》り、交差点に立てば、向かいにその人らしき人が立っていないか見回した。インターネット上に氾濫している画像や動画を漁ってきれいな場所を探し求め、インスタグラムの誰かの自撮りの後ろにその人が写り込んだりしていないか、世界中の人の自撮り画像や、人が沢山写り込んでいる写真を点検して回った。

世界には、嘘みたいに美しい場所がいくらもあるようだった。川を埋め尽くす桜の花びらと渡し船。天の川の下にある、今は使われていない羊飼いのための教会。赤レンガに蔦の這うアイビーリーグの大学。誰もいない中庭の窓辺にゼラニウムの咲いているカール・マルクスの生家。けれどいくら検索をかけてみても、記憶のなかにある場所はなく、そこにいた人はまるで、この世のどこにも存在していないかのようだった。

愚かなことを平然とやってのける図太さばかりが身につき、知性とは縁遠い人生を歩むようになった。だけどそんな人間にも、ある時ふいに何かを悟る瞬間がやってくる。そんな時には一陣の風がつきもので、私の場合にもそれは同じだった。風は静かに私の頬に触れ、あの人にはもう二度と会えない事実を告げた。

隣に誰もいなくて幸いだった。もし誰かいたら、その人の至らなさをつぶさに探し出して、辛辣なことを言わずにはいられなかっただろうから。

誰と話しているわけでもないのに、仰る通りだと呟きたくなった。仰る通り。私はその場所を忘れ、その人を失くしたのだ。

「あんな人と友達なん？」

体育館には全校生徒が集まって座り、色んな顔が並んでいた。高い天井から放たれるライトは強烈にギラついて、不必要なまでに人を照らす。それが訳もなく嫌いだった。

その頃はまだクエスチョンが完全に消えたわけではなかったけれど、彼女達の言う「あんな人」がどんな人のことなのか、理解できるほど私は彼女達に馴染んでいた。

「違うよ」

私はもう、舞子ちゃんに振り向かなかった。聞こえていないと勘違いして、何度も話しかけてくる彼女の鈍感さを軽蔑した。

舞子ちゃんは不細工で、目なんか蜆《しじみ》みたいに小さくて……そんな子は、正しくない。その日以来舞子ちゃんは、私に話しかけてこなくなり、しばらく前から寄り付かなくなっていた運動場に出る階段を、徹底的に避けた。

舞子ちゃんは一つ年上なのだから、年下の私ばかり相手にせずに同い年の子と遊べばいい。それができないのは、きっと彼女が悪いから。

切り捨てることは想像していたよりずっと簡単だった。忘れることは容易く、忘れてしまえば新しく生まれ変われると思った。

人が生まれる瞬間は人生でただ一度しかなく、それは産声を上げた時であり、昨日あったことは気まぐれにあったのではない。やり直しのきく人生など存在しないのだと、当時の私は、気づくことがなかった。

舞子ちゃんを最後に見かけたのは、下校途中だ。その日もよく晴れていて、蒼穹《そうきゅう》には雲がなかった。よくあんなにも遠いところから、下を向いて歩いている彼女の表情を正確に見分けられたものだと思う。いくら晴れ渡っていたにしても。

舞子ちゃんの背丈はえらく伸びていて、四年生の時に初潮が来たせいで身長が止まってしまったチビの私とは大違いだった。六年生の身体に赤いランドセルは笑えるほど小さくなり、窮屈そうに見えた。私の記憶のなかには猫背の舞子ちゃんなんていなかったのに、その日見た彼女の背中は悩ましいほど曲がっていて、その姿勢のまま、一人でとぼとぼと歩いていた。

あの日見た彼女の表情を、なぜ、忘れられなかったのだろう。

記憶のなかで何度もあの日に帰り、舞子ちゃんに声をかける。泣いてなどいない彼女に泣かないでと声をかけるのは変だったけれど、私は泣かないでと言って彼女の手を取る。ごめんね。また前みたいに二人で探しに行こうよ。今度こそ見つけようよ、クジラ雲。きっと、楽しいよ。

やり直しのきく場所で、私はどこまでも明るく優しい人間になった。思いやりのある言葉が次から次へと溢れ出てきた。けれど彼女の表情は、私の作り上げた理想の場所ですら、元には戻らなかった。

なぜ優しくなれなかったの？　他のどこでもない、現実のこの場所で。

悲しみを知っていたのに、人に悲しみを与える時には厭わなかった。苦しみを知っていたのに、人に苦しみを与える時には迷わなかった。今、世界は遠くなった。彼女は結婚しただろうか。恐ろしく突飛な時に、信じられないような理由で人は死ぬことがあるものだけれど、彼女は生きて、誰かの隣にいるだろうか。子供はできただろうか。

思えば、人が人と繋がることがかつてないほど容易になったこの時代に、舞子ちゃんらしき人がネット上に見つからないのは不思議なことだった。とはいえ私も、ソーシャルネットワークに自分のアカウントを持っていないので、昔の知り合いからすると、生きているのか死んでいるのか消息の掴めない人間の一人に違いない。

もっと素敵な場所に、あなたはいてね。

過ぎ去った人生のなかにいた人達に話しかけると、一緒に過ごした時よりも素直になれる。話しかける人達のなかにはもう死んでいる人も数人いるけれど、生きていた時には聞けなかった質問を投げかけることができる。たとえば祖母に幸せだった？　と聞き、父に私のことを思い出す日があった？　と聞くように。

近頃は風が吹こうが吹くまいが、誰かに辛辣な言葉を投げつけたくて仕方ないような気分になることがあるので、私の良心はきっともう砕けてしまっているに違いない。だけどもし、まだ私のなかに欠片ほどのそんな心が残っているなら。その欠片で何かを願う機会が一度だけ与えられるとしたら、私は、あなたのために祈りたい。

あなたの笑顔の本当の価値が分かる人があなたの傍にいて、あなたはそんな人達に囲まれたところにいる。あなたはいつもと変わらない調子でその人達に微笑み、世界が終わるその時まで、あなたの笑顔は絶えることがない。私のような人間のいない場所で、生きていってね。きっと、月があなたを見守る場所で。

参考文献

『サラダ記念日』(俵万智、河出書房新社1987)

星の記憶

夢を見た。そこは地球とよく似た惑星《ほし》で、科学的にはどうだか分からないけれども、木や水、空といった風景も、人間やその他の哺乳類、動植物の生態系も、私の知っている地球とほとんど同じに見える、けれどどこことは違う星。そこで生きていた記憶、いや、夢だ。そんな夢を見た。

その星の科学は、現在のグレゴリオ暦２０２４年の地球よりも進んでいるようだった。どれくらい進んでいるかということについては、私の専門的でない一般市民としての知識と、言語能力の欠如のせいで、はっきりとしたことは言えない。その惑星での人々の生活は、よくあるＳＦ映画と違って、人が空飛ぶ車を乗り回したり、そもそも都市自体が空中に浮かんでいるなどということはなく、地に根差していた。家や商業施設やビルが地面から伸びていて、それだって雲に届くほどの不遜な高さというわけではない。都市と田舎があり、どの地域にも人工湖があった。

人工湖は、人工にはとても見えない自然に調和した設計になっていて、水生植物や水鳥、森の一画のようなオークの大木と、匍匐《ほふく》性の植物、リスなどの小動物が暮らしていた。なぜ人工湖がそんなに必要だったのか知らないが、都市にも田舎にも無数に設置されていた。直径十数メートルの小型のものもあったが、なかには東京ドーム二個分ほどの大きさのものもあり、それが超高層ビル群のど真ん中に広がっていたりする。知らない人なら、オフィス街を歩いていたら突如時空が歪んで森に誘われたような、そんな錯覚を起こしそうだった。超巨大な人工湖には、リスどころか鹿やイノシシ、狼もいた。人工湖に棲む動物達は不思議と、決してその区画から外に迷い出ることはなく、区画内を散歩している人間に関わることもない。時々、眼球に埋め込んであるマイクロスコープチップを望遠モードに切り替えて、遠くから動物を観察している人や、風景画を描いたりしている人もいたけれど、大抵の人にとってそこはただのお散歩コースで、地球の公園とよく似た役割を担っているように見えた。けれどこの人工湖の数のあまりの夥《おびただ》しさは、もっと、何かの必要に迫られて設置されているような感じがあった。

惑星の人々は、純度百パーセントの水で生活していた。地球の私達が使うような純度の低い水を、呪いか何かのように毛嫌いしていて、すべての飲水、生活水には空気中の物質さえも取り込ませないような特別な処置が施され、地球では理論上でしかあり得ない純度百パーセントという数値を可能にしているのだった。発酵食品や発酵飲料などという原始的なものは、太古の先祖が食していたもので、今は製造されていない。純度百パーセントの水にフレーバーをつけることはあっても、それは緻密に設計された人工混入物なので、人体に雑菌その他不純物が流れ込む心配はないのだ。

地球と同じように学校があって、学校では当然歴史も学ぶ。「昔の人々は、野菜にナメクジの卵が付着していても、魚や肉に寄生虫がいても構わず食すか、もしくは現代のように、眼球にマイクロスコープチップを埋め込むことができなかったので、卵や寄生虫、そしてあらゆる細菌やウイルスにも気がつかないまま口に運んでいました。一部の古代人には、肉や魚を加熱処理すらしないで食す趣向性があり、ほぼすべての古代人が、生野菜を不純物だらけの水で軽く洗うだけの処理法で食していたのです」気色の悪い古代人の食生活を学び、生徒達は恐れおののくのだった。

私にも微かに子供の頃の記憶がある。教室で古代人類学の授業を受け、そんな話を聞いてクラスメイト達と顔を見合わせた。みんなで一斉に「ウゲェッッー」と吐く真似をしたのを覚えている。

それが生涯のなかで楽しく笑っていた唯一の瞬間であり、私が自分について覚えているすべてだった。他の瞬間はなかったのだろうか。たとえば、友達と放課後に街へ出かけて甘いものを食べたり、職場の同僚と自社製品を投げ合ってふざけたり。家で家族に卑近な人間関係についてあれやこれや愚痴ったり。恋人がいた時は、なかったのだろうか。

まるで人生がそこから始まりでもしたかのように、私の記憶は、とある施設に辿り着くところからはじまる。私はその時点で既に大人だったので、きっと生活はそれ以前にもあっただろうに。どんなに思い出そうと試みても、蘇るのは、あの古代史の授業での、ほんの一コマだけだった。

私をそこに連れていったのは六人の男女で、年齢はまちまちだったけれど、比較的みな若かった。彼らと私はある組織の仲間で、固い絆で結ばれながら（少なくとも私はそう思っていた）、他者には決して私達が仲間だと知られるわけにはいかない間柄だった。私達は革命を起こしていたか、起こそうとしていたのだ。

よく分からないけれど、私を見つめる彼らには、どこか敬愛の眼差しがあった。多分、私は革命の首謀者だったのだろう。

その星で生きた私は、今の私とは随分違った性格をしていたみたいだった。今の私といえば、目立つのが嫌で、人の上に立つことには関心がなく、組織をまとめるとかリーダーとして振る舞うなんてことには、ひどく面倒な印象しか持てない。自分のことを何もかも他人に決めてほしいとは思わないけれど、集団になると、仕切りたがり屋がしゃしゃり出てくるのを待っている側に迷わず身を置いたし、そんな自分を卑下することもなく、むしろ後追いしたり、他人が始めたことに文句を言ったりするだけでいい無責任な役回りのなかで、羽を伸ばしていると言ってもよかった。大衆のなかにいて、しかもその最後尾でグズグズしていることは、私にとって決して愚かしさの体現ではなく、人生に余計な期待を持たないための合理的手段だったのだ。

「ここなら絶対にバレません。いろんな場所を探しましたが、ここより他に政府と繋がりを持たない組織はありませんでした。もう少しの辛抱ですよ。この動乱が収まれば、僕達、あなたを迎えに来ますから。なに、そう長くは続きませんよ。自信があります。奴らはそんなに粘れませんよ。なんせ中央は腰抜けの寄せ集めですからね」

私を施設に連れてきたメンバーの一人が、確信に満ちた表情で言った。何がそんなに満足なのか知らないけれど、ひどく満足気に部屋の中を見回して、また私に視線を戻し、大きな口から歯を覗かせて笑った。

その惑星に政府と呼ばれる組織は一つしかなかった。昔は区域ごとに政府があり、区域は独自の宗教と法律を樹立していて、地球の国家間のように、そこに住む人々の文化的背景や言語形態はまるっきり違っていた。貧富の差は個人間でも国家間でも存在していたので、争いが絶えなかったが、やがて紛争は人道的でも経済的でもないことが明らかになり、世界は一つになった。科学の発達は尽きることのない生産を可能にし、今や貧困は存在しない。統合には長い時間が掛かったけれども、それが現実になった時には、誰もがその日を祝福し、記念日として後世に記憶されることとなった。

科学が進んだその世界ではもはや誰の心にも、昔の人が信じていたような「神様」はいない。おそらく統合を可能にしたもう一つの理由はこれだろう。観測不可能な存在を「存在している」と定義するのは、科学が未発達な文明の産物であり、妄言である。私の生きていた時代には「摂理」という言葉はほとんど消滅していて、「神」という言葉だけがまだ辛うじて残っていたけれども、私より少し後の世代では、その言葉も消滅しかけているようだった。ずっと世代がくだればやがて、どちらの語句も古代語群の仲間入りを果たして、判別不可能な記号になるだろう。

その世界で私は、疲れ果てていた。仲間達はどうやら、指名手配になった私を匿《かくま》うために奮闘し、ようやっと見つからなさそうな場所を見つけて、私をそこに連れてきたようだった。仲間には悪いが、この居場所が誰かに突き止められて刑務所にしょっ引かれようが、処刑されようが、最早私にはどうでもいいことだった。

なぜあんなにも枯れ果てた心で、一言ものを言うことすら苦痛に思えたのか、その訳も今の私では推測できない。とにかくただ、「そっとしておいてほしい」という思いだけがあった。

施設は都心からほどよく離れた丘陵地帯にあった。周囲には建物と同じくらいの面積の人工湖があるだけで、他には何もない。人家や商業施設はどこまで行っても見かけず、ただぽつんと私が連れてこられた建物があるだけだった。訪れる人はほぼいない。面会人もない。そこは定住型の精神科病院だ。

貧困が存在しない世界で起こる革命とは、いったい何を目的にしたものなのだろうかと疑問に思うけれども、その惑星に生きていた私は、今の私にさえ、そっとしておいてほしいと求めるだけで、何も語ろうとはしない。

その惑星にも染髪という文化はあるらしく、私にここなら絶対にバレないと声をかけた男は、もともとの黒髪を茶色に染め、太い黒縁の眼鏡を掛けていた。彼の眼球にもマイクロスコープチップや、その他の視覚機能を強化する何かが埋め込んであるはずなので、眼鏡はきっと耳にピアスをつけることと同義なのだろう。

その男と仲間達は、私を施設の最高管理責任者に引き合わせるつもりらしく、私達は白壁にテーブルと革張りのソファーだけといった、如何にも精神病院的な部屋で長いこと待たされた。でもわからない。本当はそんなに待たなかったのかもしれないけれど、その頃既に私の人生は薄く引き伸ばされたようになっていて、思い出すすべての瞬間が殺生なほどの長さだった。

窓からは、患者の高ぶった精神を鎮静させるための植栽が見えた。この惑星では緻密に設計されていないものを探し出すなんて不可能な芸当だったが、やはりここの窓から見渡せる景色も、漂う空気までがどこか配列的で、言い知れぬ作為に満ちていた。遠くにモミの林が見え、林の入り口には人工湖が広がり、窓のすぐ外には、一本のマルバノキが立っている。マルバノキは葉をいっぱいに広げて私達のいる部屋を覗き込んでいた。人工湖には木造の橋が渡され、看護師と思しき女性が老人の車椅子を押している。手押しの車椅子というのがどうもノスタルジックで、まるで遠い過去の映像でも見ているみたいだなと思った。

時々ビッグデータの中から古代のファイルとかいう化石が見つかることがあるが、その大半は開いて中身を確認するという操作ができない。無理矢理こじ開けようとしてクラッシュしてしまうのがおちだったが、ごく稀に暗号が解き明かされ、考古文や古代の映像が、かなり不鮮明ではあるがおぼろげに姿を現すことがある。映像は複製され、街の図書館や博物館で放映されている。私が精神科病棟の窓から見た光景はまさに、そんな大昔の映像にそっくりだった。

「このような光景をご覧になるのは初めてでしょうね」

声をかけられて振り向くと、私の隣には見知らぬ初老の男が立っていた。私は何も答えなかったが、男は構わず続けた。

「手押しの車椅子を実際に使うことなんて、施設の外ではそうそうありませんからね。ご存じでしょうか。丁度あなたがお生まれになったような年の頃、古代の映像が新たに一つ開かれましてね。湖こそありませんでしたが、水が上に向かって噴射する装置のある緑に囲まれた場所で、若い女性が老人の乗った車椅子を押して散歩している。たったそれだけの、短い映像でした。女性も老人も、少し斜めの後ろ姿しか映っていません。遠くでは無数の人々が行き交っていましたが、そちらはピントをずらしてあるのか、時の風化に映像が耐えられなかったのか、誰一人はっきりと識別できる古代人はいませんでした。この映像が世に出回ってから、車椅子で生活するうちの八パーセントの人々が、あのひどく不便な、目配せしても声をかけてもびくともせず、患者を安全にベッドから抱き起こすことも椅子に座らせることもできない、車輪がついただけの椅子に乗りたがるようになりましてね。私どものような施設に至っては、そのパーセンテージが実に四十六パーセントまで上昇するのです。まったく、看護師泣かせですよ」

初老の男は悲しげに笑った。本人はおそらく冗談めかして笑ったつもりだろうが、この男の笑顔はどうしたって悲嘆にくれているようにしか見えない印象を人に与えるようだった。彼の悲しみは、きっと誰にも理解されることがないのだろう。その証拠に彼の微笑は、向けられた側の記憶には決して残らず、次の瞬間には誰も彼が微笑んでいたことなど忘れてしまうような、そんな笑みだった。

「不老不死がもっと容易く手に入る時代が、過去にはあったのです。その時代には、七百三十歳の実業家が、たかだか三十歳前後にしか見えず、九百歳の俳優が、子役として活躍していました。新たな細胞を生成し続け老化を止めることも、何らかの方法で時を遡り若返ることも、意のままだったのです。しかしこの技術はやがて失われ、今では誰も五十歳を超えて生きることはできません。そして何らかの原因で現代人が精神に錯乱を起こした場合には、あなたが眺めているあの老人のようになります。いいえ、老人という表現は彼には正しくありません。彼は実際にはまだ二十五歳なのですから。過去に生きた人々はなぜ、夢のような技術を手放したのでしょうか。私は職務の傍ら、この件について長年研究を続けてまいりましたが、人類が不老不死を捨てた謎を解明することは未だにできておりません。それどころか、精神に異常をきたした人間が、そうでない人間の老化速度を遥かに凌駕した時の速さで老いてゆく理由すら、解明されていないのです。これは古代人の身にもおそらく起こらなかったことだろうと言われていますから、現代の病理ですね」

最高管理責任者が話し終えると、すかさず茶髪の黒縁メガネの男が質問した。

「不老不死を手に入れる以前の古代人の平均寿命はいくつだったのですか」

「古代文明では地域間での貧困格差が色濃くありましたから、平均値というのがあまり機能しませんが、七十歳です。富める地域では男性が八十代前半、女性が八十代後半で、ほとんど九十歳というところもありました。時々百数歳や、ごくごく稀に百二十歳の人骨が見つかりますがね」

男の顔が信じられないという表情で強張り、束の間部屋の中に沈黙が走った。

「古代人はひどく不衛生な環境に身を置いていて、科学もろくに発達していなかったはずなのに、どうして我々のほうが短命なのでしょうか」

茶髪の黒縁メガネの男よりは、柔軟にものを考えていそうなサラサラした髪の女が、男の後を引き継いで質問した。

「それは私にも分かりません」

　窓からこちらを覗いていたマルバノキが光った。数秒のあいだ、葉の葉緑体がネオンのように明滅して、やがて静かになった。最高管理責任者は光った木を指さし、

「申し遅れましたが、このマルバノキには、明滅式シナプス信号チップを埋め込んであります。近くで人が会話していると、この木は時々こうして反応するのですよ。これは木を人間だと思い込んで話しかける患者の治癒に効果的でしてね」

　その日から私は施設の患者を装って暮らすことになった。比較的軽症で穏やかな患者達のいる区画をあてがわれた。部屋は一人につき一部屋。快適な個室だ。そこに働く看護師の一人を、私はこの施設に来る前からよく知っているようだった。というより、ずっと知っている。その惑星では同じ組織のメンバーだったようだが、それより前、いや、遥か未来と言えばいいのだろうか。ある意味では誰よりも馴染み深く、そして最も再会したくない相手として、ずっと知っている。その惑星では縁者でなかったようだが、今この地球上で、その人は私の叔母だ。互いに姿かたちはそのままだった。まったく、私と叔母の容姿そのままなのだ。

叔母ではなかった頃のその人は、いつも奥歯が痛いみたいな顔をしていた。叔母よりも遥かに人生が深刻そうで。今でも彼女にとって人生は深刻そのものかもしれないが、それが自分自身のためだけの苦悩であるのに対し、同じ魂を持つ看護師の深刻さには、自生の痛苦の上に、更に何か社会通念としての病理とでもいうようなものが、支えきれないほど重くのしかかっているようだった。

看護師はいつも私を責め立てたいような表情で睨み、私は軽蔑の心でもって彼女の存在を無視していた。どういう訳で彼女に恨まれていたのか、その理由も今は思い出せない。軽蔑していたのはきっと、彼女の私に対する怒りが不当なものと思っていたわけではなく、もっと根本的な彼女の性質のどこかが気に障ったのだ。

こんなに疲れているのに。ひどく、ひどく疲れているのに。彼女の視界のうちに無防備なまま晒されなければならないなんて情けなかった。こっちを向かないで。私を見ないでいて。そう言いたかった日も幾度となくあったけれど、私は結局一度も彼女のほうを振り返らなかったし、声もかけなかった。彼女のほうでも黙りこくったままこちらを睨みつけてくるばかりで、話しかけてくるようなことは一度もなかった。

日々は過ぎていった。気の抜けた音楽に合わせて馬鹿みたいな体操をさせられている患者達の傍らを、最新型の快適な車椅子で通り過ぎる。歩けるのに、さしたる理由もなく車椅子で過ごした。毎朝図書室に向かう。脳に直接データを接続して行う読書は法律で禁止されているが、ここではなぜだか自分の部屋で本を読むことすら禁じられているのだ。科学と政治の一切出てこない本を手当たり次第に読む。四百年前の誰も知らないような詩人の本。再開発がなされる以前の北の地域を旅した人のホラ話。これは七十年くらい前に出版されたもので、当時そこは撮影禁止地区だった。『人工湖の陰謀』と題した都市伝説的な眉唾本。『古代人の建築とそのロマン』は作者不明。小説『西瓜糖の日々』リチャード・ブローティガン、『紙の動物園』ケン・リュウ、『夢みる人びと　七つのゴシック物語』、これは確かアイザック・ディネーセンだ。『誕生日の子どもたち』カポーティ、その他複数。

朝の読書を終えるともうやることはない。最高管理責任者とはあれ以来一度も会っていないし、状況は茶髪の黒縁が言っていたみたいに易々《やすやす》とよくなりはしなかった。

その施設の中で食事をした記憶が私にはないけれど、問題なく生きていたのだからきっと何かしらの形で栄養をとっていたはずだ。患者達は、自力でものを口に運ぶか運んでもらうかして食事をとっていた。私は昼食の時にだけリビングへ行って、彼らを眺める。

食べ物を口から噴射し、撒き散らす老女。ナイフフォークや皿が、定位置から一ミリでもズレたり、ピンクペッパーが思いがけず一粒でもフォークの隙間からこぼれ落ちたりしようものなら、舌を噛みきらんばかりに興奮し「ぼくは悪い子ぼくは悪い子ぼくは悪い子ぼくは悪い子ぼくは悪いこッッ！」と泣き叫ぶ少年。少年を宥めすかして、彼の口をこじ開けている介護士。少年は食事の時間になると、誰も見たことのないような形をした白髪のカツラを被り、とても珍妙な裾の長いフリルの服を何枚も重ね着して現れる。老女に人間の介護士はつかない。彼女が景気よく撒き散らした残飯は、テーブルや床に落ちる前に空中でお掃除ドローンにキャッチされ、同時に空間除菌を施され、彼女がその場所を彼女自身のものにする取り組みは、光の速度でなかったことになる。ドローンのお仕事があまりに早業なので、初めは老女が何をしているのか分からなかったが、こうも毎日眺めていると段々スローモーションになってよく見えるようになった。

食事の作法にこだわりがあるのはその二人くらいで、あとの患者は気の合う者同士で大人しくテーブルを囲み、各々が現実だと考えている自分の社会的地位や外にいる友人のエピソードを語り合いながら食事をとっていた。あるグループなどは、テーブルに着くたび、今日初めて話題にするみたいなみずみずしい声音で「平行四辺形」について語り合っている。そのグループは食後も決まって三時間ほどそこに居座り、来る日も来る日も平行四辺形についての議論を重ねるのだった。

廃人が一人いて、それは施設に着いた初日に見かけたあの車椅子の若老人だったが、彼は食べることに対する興味を完全に失っていたので、介護士がタラのムニエルや青梗菜《ちんげん》の玉子とじを彼の口元に一口ずつ、根気よく運んでいた。あまり何度もその往復が続くと、若老人はまっすぐ前を向いたまま急に口を開かなくなり、そこで彼の食事は終了となる。もう少し食べないと、と新人の介護士なら決まって促すが、一度閉ざされた口は彼が閉ざしたことを忘却するまで開かれない。

グレゴリオ暦の感覚でいうなら、きっと何年もの歳月が流れたに違いない。そこにも季節があったらよかったのに。夏の陽射しや冬の寒さや、そんなものが。その星はありふれた雨すら降らず、天候という概念を私達は知らなかった。

茶髪の黒縁はどうしているだろう。サラサラ髪は？　施設に潜伏して何年も経ってから、ふと初めて、そんなことを考えた。目の前には美しい森と湖があって、鶴を小さくしたような青い鳥が水の上を滑っていた。よく晴れた空。青い空。緑の木々や赤く熟れた果実。艶やかな毛並みのリス。光は白く、ベールは優しげに垂れ下がる。

確かあの日、殺風景な部屋で施設の最高管理責任者と引き合わされた後、私達は外に出て湖に架かる橋を歩いた。水鳥を指さしながら茶髪の黒縁が私に何か言って微笑んだっけ。サラサラ髪は私の後ろに控えるように歩いていて。珍しく笑っているなと、彼女のほうを振り返りながらそんなことを思った。その他の人たちは――。

いつになったら彼らは私を迎えに来てくれるのだろう。このところ空は光が強すぎて、私の視界は白いとこだらけになってきている。いつも西日の中にいるみたいに、ちょっと先が見えにくい。なぜだろう。光が邪魔で見えない。あらどうして？　遠くを見渡す必要があるだろうか。別に真ん前しか見えなくても本は読めるし、患者たちの食事風景も見える。ドローンの俊敏な動きですら、肉眼で見えているじゃない。いろんなことが遠くなっていったけれど、別に構わないと思った。

あの看護師だけが目障りで、不愉快なことに強すぎる光の中でも彼女の姿ははっきりと見えていた。彼女だけは、遠くにいてもはっきり見えることが、余計癪に障った。

日月を数えるのをやめた。いつ頃からやめたのか定かではないけれど、一日一日を区切ることが、ここでは無意味だと知ったから。

いつ始まったのか分からず、いつ終わるのか見当もつかない、長い長い一日。だけどある時、それはちゃんと終わった。

ニュースは本と違ってどこにいても見られたけれど、そのニュースを初めて見た時、私はリビングにいた。その日は珍しく「ぼくは悪い子」が食事にやってこなかったので、リビングは永遠に眠れそうなほど長閑だった。食事を終えた患者のうち体調のいい者は、しばらくしてまたテーブルに集い、ドライフラワーでリースを作るワークショップに参加していた。といっても、お節介な介護士や暇なボランティアに手を引かれて、教育的指導のもとやらされている患者がほとんどだったが。

私は彼らから離れたところのソファーに座って特に何もせずぼんやりしていた。あまりにぼんやりしていたので、私の前にそこにいた誰かの流しっぱなしにしていった映像が、そのままになっていることに気がつかなかった。ニュースは近頃猛威を振るいはじめている感染症の話題で持ちきりだったが、それさえ見ていなかった。けれど、画面が切り替わってあるシーンのところまでくると、私は突如水から上がったときのように、確たる視聴覚機能を取り戻したのだった。

それは未だかつて人類が経験したことのない新種の病原菌で、黴の一種だということ以外、現時点ではほぼ何も分かっていないとナレーターは言った。初期症状は特にない。ある日突然指の先とか、身体のどこかごく僅かな箇所に白い綿毛状の黴が生え、洗えば取れるが、翌朝にはまた同じ個所に同じように黴が生えている。数カ月、あるいは一年ほどかけてそれは全身に広がる。胞子が身体の三十五パーセントの面積を超えて広がると、患者はスリープ状態に入る。それ以降は目覚めることがなく、ゆっくりと、身体中を侵食し、やがて全身をすっぽり包み込んでしまうと、最後は黴とも遺体とも区別のつかなくなった白い綿毛が風に吹かれて、大気中に消え失せる。遺体のあったところで空気中の成分を調べてみても、生物にとって有害な細菌やウイルスは何一つ検出されず、あとに残るものはない。

スリープ状態に入った患者の映像が流れた時、私はその患者に魅入られた。若い女の人で、腰まで黴に覆われて眠っている。横向きになった胎児のような姿勢で眠る姿は、覚めることのない慰めを枕辺に見ているようで。安寧の大地に横たわってうたた寝をする人は、こんな表情で眠るのだろうか。

「夢を、見ているの?」

思わず語りかけるけれど、返る声は勿論ない。その人は誰の問いかけにも答えようとはしないで、ただそこに、粥が炊き上がるまでの一睡とでもいうような姿勢で、永遠を枕にして眠っていた。

どんな夢を見ているの?

世界は、美しかったのだろうか。本当はもっといろんな天気があって。本当はもっといろんな良い菌や悪い菌があって。本当はもっといろんな人がいて。鳥は水鳥だけではなく、植物は湖畔にだけ生きるのではなく、造られた湖だけがあるのではなく――色はいくつあったの。本当はもっと、彩りに溢れていた?

訊きたくなったのは、痛烈なまでの熱心さで世界に問いかけてみたくなったのは、私にこの黴が生える数日前のことだった。

感染経路は最後まで分からずじまいだった。前代未聞の病は人知を超えた要因と速度で瞬く間にすべての地域まで広がった。完璧な無菌状態や、疑いようもなく完全な純度を誇る文明を侵すには、この感染症は原始的に過ぎ、予想外に過ぎるようだった。発酵食品が作られ、殺菌処理がザルのようだった古代文明から何らかの解決策を得ようと、研究機関や専門家たちが寝る間も惜しんでビッグデータを解析していたが、そんなものは焼け石に水だった。全く笑えない悪い冗談だと、誰かが言った。けれど手の施しようのない超自然を前に、人類は茫然と佇み、もはや笑うしかない状況に陥ってしまった。

今でもよく覚えている。左手の中指と右の膝小僧だった。私の身体から、胞子が最初に生えてきたのは。ほんの二、三本のふわふわした白い胞子。私はそれを、長い間眺めた。

「罹《かか》ったよ」

我ながら妙なことだったけれど、私は叔母でなかった頃の看護師に、一番に自分の死を告げた。一度だって、自分のほうから声をかけたいなどと思ったことのなかったその人に。

看護師は、いまだかつてないほど強烈に眉根を寄せ、奥歯が痛むどころではない形相《ぎょうそう》で顔を歪めた。報告を聞いても何も口にはしなかったけれど、これほど人を怒らせた瞬間は後にも先にもないと断言できるくらい、彼女は怒っていた。どうして怒っているのか、私には分からなかった。彼女は結局最後まで、何も語らなかったから。

夢はそこまでだったけれど、最後にその惑星《ほし》が宇宙に浮かんでいるのが見えた。見れば見るほど地球にそっくりだった。それは過去のどこかの宇宙の姿であり、今はもうどんな場所にも存在していない。あの黴《かび》が最後には惑星一つをまるまる包み込んでしまったのか、それとも、もっと後の時代に違う要因で星が死期を迎えたのか、私には解らない。けれど、その星はもう存在しないのだということだけは、明確に解る。

一つだけ疑問が残った。どんなに考えてみても、疑念は消えなかった。

私はあの惑星で本当に革命家だったのだろうか。私を施設に入れた人達は、同じ未来を志す仲間などではなくどこかの職員で、私は、自分を革命家だと思い込んだ精神疾患患者ではなかったのだろうか。

参考文献

『西瓜糖の日々』（リチャード・ブローティガン著、藤本和子訳、河出文庫２０１０）
『紙の動物園』（ケン・リュウ著、古沢嘉通訳、早川書房２０１７）
『夢みる人びと　七つのゴシック物語』（アイザック・ディネーセン著、横山貞子訳、晶文社１９８１）
『誕生日の子どもたち』（トルーマン・カポーティ著、村上春樹訳、文春文庫２００９）

天使の贈り物

「どうして僕を愛してくれないの?」

私にそう問いかけてきた少年は、悲嘆に暮れてはいず、温もりを渇望している様子もなく、実に恬淡《てんたん》とした様子だった。

かけられた言葉にはっとして、私は少年の瞳を覗き込んだ。相手の真意が分からないとき、指示を求めて飼い主を見つめる、悲しめる犬のような性が、大勢の人に備わっているように、私にも備わっていた。けれどそんなときに限って、思わず覗き込んだ相手の瞳は、何も物語ってはくれないのだ。

「ごめんね。そんなつもりじゃなかったの」

差別主義者だと思われたくなくて、私は嘘とも本当とも言えないような迷彩色の言葉を継いだ。とても今更だけど、私は少年が私の半分ほどの背丈しかないことに気がついた。

少年は私の返答を聞くと、さっき私に「こんにちは」と声をかけてきた時と変わらない、観光客風の陽気さで微笑んだ。気分を害したのでなくてよかったと安堵することも忘れて、私は微笑む少年に魅入られた。胸の中で何かが極まってゆくのが分かる。それまであるとも知らなかった自分の中の、最も切実な痛覚に触れたようだった。

地球の表面と同じかそれ以上に青い、少年の真っ青な瞳の色は、よく見る西洋人の眼のような、自分とは遠い遺伝子を持つからこそ魅力的に見えるあの美しさではなく、もっと、何よりも近くにある根源的な美しさを湛《たた》えているようだった。地球のコアを見たことがないように、私達は、生命の溶け合うところから生まれ出る源流の美しさを、日常坐臥《ざが》の中に見出すことはとても難しい。そんな不可能に近い美しさが、今目の前にいる少年の瞳の中に見えて、私は泣きたくなった。いつだって、過ぎた憧れを抱くがゆえに心は致命的になり、生きているだけで遠のく場所は、懐かしさのあまり呪いたくなる。少年は、懐かしくて切ない、見たこともない故郷の色を目に浮かべて、私に微笑んでいるのだった。

この小さな男の子に対して、私はついさっきまで驚愕していたのだ。驚きのあまりすっかり怖気づいていた数十秒前の自分に、今は却って愕然とする。私があっけにとられてしばらく言葉も継げずにいたのは、男の子の腕に気を取られていたからだ。握手をしようと差し出してきた腕の関節は、人間とは真逆の方向に、つまり外側に、なんの不備もなさそうについていた。ごくありふれた様子で、私の前に立っている少年の逆説的な自然さに、私は息も止まる勢いで恐れ慄《おのの》いたのだった。

差し出された腕に驚いて固まっていると、少年は私の困惑を見透かしたのか、冒頭のように語りかけてきた。どうして、僕を愛してくれないのと。

つまらないパーティーに駆り出され、無為に一日を過ごす。きっと今日は、そんな一日で終わるはずだったから。如何にも贅を尽くした別荘に、如何にも金の掛かった身なりの人々が集まり、互いに金の掛かる自慢話ばかりしあって、躾の行き届いた微笑を送り合っていた。仕事の話にしろバカンスの話にしろ、ただの世間話にしろ、とにかく彼らの話は語るだけでも金の重みで弛むようだった。

彼らが今夜のようにお互い同士を見つけ合う時、彼らの重なり合う心が月の下で、どんな模様を描いて空に映るのか、私は知らない。私は彼らの階級には属さず、今日ここにいるのは、ここにいるべきだったはずの友人の代理にすぎなかった。

ひとやま当てた親を持つ友人は、成金らしい気のいい性格で、今夜のために白いカクテルドレスを貸してくれた。「クリーニングには出さなくてもいいよ」という有難いメモつきで。私は悩んだ末に、彼女に少し申し訳ない気がしないでもなかったけれど、サラで買った自前のワンピースを着ていくことにした。綺麗で分厚いカーテンみたいなカクテルドレスも素敵だったけれど、スミレ柄の軽やかなシフォンのワンピースのほうが、私の雰囲気には合っていたのだ。そんなわけで、私はそのパーティーで誰からも声をかけられなかった。幼い頃からあの手この手で「本物を見る目」を養ってきた教養高い人々は、私の着ているワンピースの生地の廉価《れんか》をつぶさに見抜き、池を迂回するみたいに私を迂回して通り過ぎていった。どの人も嫌味にならないように、迂回する時には軽く微笑んで会釈していくことを忘れなかった。きっと彼らは私のことを、挨拶しないと池の底に引きずり込む妖怪かなんぞのように思っているのだろう。

頑張って彼らの警戒を解いて近寄り、富のおこぼれにあずかりたいなどとは思わない。相手にされないことに屈辱を感じて、彼らの資産が夏の氷のように溶けてゆくことを願ったりもしない。何も求めはしないけれど、それでも。本物を見る目をどうかこの空に向けてほしいと思った。「今夜は星がとても綺麗だよ」と言って。そんなふうにして、目の前にいる誰かと、一つの命を分け合うことができたなら。

少年は、邸の庭に出て一人夜空を眺めていたそんな私に、声をかけてくれたのだ。「こんばんは」ではなく「こんにちは」と言って。名前を名乗る代わりに、夜空に浮かぶ星を横に立って共に眺め、名前を聞く代わりに、手を差し出してくれた。

男の子の手を掴もうとした時、室内が俄かに騒然となった。同じタイミングで大勢の人が「あっ」と息を飲んだ息遣いが、外にいる私のところにまで届いた。

そちらに気を取られて何事かと邸内を振り返った二秒半。たったそれだけのうちに、少年はいなくなった。

室内の騒動は結局、今では思い出せもしないくらい些末なことだったけれど、卑近なことに気を取られてしまった私は、彼を見失い、その手を取ることはついに叶わなかった。

今なら解る。彼のような存在が現れたときには、迷わずその手を取らなきゃいけない。でも、星が空から降ってきて自分の手の中におさまろうとするような瞬間に、驚いて手を引っ込めずにいられる人なんて、どれくらいいるのだろう。

夢でも見ていたんじゃないかと自分を疑ってみるけれど、彼がそこにいたのは、たとえそれがほんの一瞬だけだったとしても、真実だった。その証拠に彼の立っていた場所には、彼の瞳と同じ真っ青な色の水溜まりが残っていて、それは触るとひんやりとして心地がよかった。ワンピースの裾が水溜まりに触れると、スミレの青とその色が優しく混ざり合い、やがてすべての面を染めていった。

〈著者紹介〉
新見 上（しんみ じょう）

1991年3月生まれ

真夜中《まよなか》の精霊《せいれい》たち

2024年6月25日　第1刷発行

著　者　　新見上
発行人　　久保田貴幸

発行元　　株式会社 幻冬舎メディアコンサルティング
〒151-0051　東京都渋谷区千駄ヶ谷4-9-7
電話　03-5411-6440（編集）

発売元　　株式会社 幻冬舎
〒151-0051　東京都渋谷区千駄ヶ谷4-9-7
電話　03-5411-6222（営業）

印刷・製本　中央精版印刷株式会社
装　丁　　鳥屋菜々子

検印廃止

ISBN 978-4-344-69085-1 C0093
幻冬舎メディアコンサルティングＨＰ
https://www.gentosha-mc.com/